gregormaria**hoff**
Welt verloren

gregormaria**hoff**

Welt verloren

Roman

Für
Marcus.
Für wen sonst.

1

Jacob lächelt. Noch immer fällt Schnee. Keine Flocke soll der anderen gleichen, hat er gelesen. In diesem Winter könnte man auf winzigen Sternen zum Himmel steigen. Man müsste nur leicht genug sein. Aber Schwerelosigkeit ist nichts für Jacob Beerwein. Dafür nimmt er sich Zeit. Beim Aufstehen, beim Beten, bei seinen Spaziergängen in die eisigen Ausläufer des Jahres. Der Rücken macht zu schaffen. Nicht nur der. Alles darf langsamer werden. Sein Kopf passt dazu. Auch deshalb lächelt Jacob. Wie dieser Winter. Er lässt sich bedenkenlos fallen.

Der Gott Jacobs hat nur einen Tag und eine Nacht benötigt, um die Welt neu zu schaffen. Er verfügt über kalte Vorstellungen. Atmet pulverfesten Schnee aus. In sanfteren Dosen erst, dann als eisige Sintflut. Der Niederrhein hat den Advent unter einer Decke aus Kristallen verschlafen. Ein Tief aus Skandinavien dehnte seinen Gefrierpunkt in alle Himmelsrichtungen aus. Am Nikolausabend sanken die Temperaturen in Düsseldorf und Köln auf minus fünfzehn Grad, dann hielt sie nichts mehr auf. Der Rhein fror endgültig zu und mit ihm die Bahnhöfe, die Flughäfen, die Städte. Der Gott dieses Winters kennt keine Ausnahmen. Die Welt hält an und Jacob Beerwein mit ihr. Die Räumkommandos stoßen nicht mehr bis nach Dornbusch vor. In manchen Landesteilen ist zwischenzeitlich der Strom ausgefallen. Man fürchtet Versorgungsengpässe. An Heiligabend hat die Landesregierung den Notstand ausgerufen. Das macht heute keinen Unterschied mehr. Am Rande seiner eigenen Welt versinkt Jacob Beerwein mit seinen Gedanken in einem mythischen Einerlei aus weißem Nichts.

Er schüttelt es aus dem Haar, als er das Pastorat verlässt. Immerhin, er besitzt noch Haare. Müde wendet er sich zur Seite. Gegenüber bildet das alte Schulhaus eine finstere Formation aus Backsteinen. Kein Licht von drinnen. Dieser Teil des Planeten schläft. Die Träume, die Melchior träumen muss, scheinen Jacob zum Greifen nah. Deshalb lässt er in jedem Zimmer eine Lampe brennen, selbst wenn er das Haus verlässt. Nachts sowieso. Er bevorzugt gedämpftes Licht. Es wirft warme Schatten.

Jacob schnürt Schal und Mütze fest zu und zieht in den Kampf. Er trägt eine Skimaske und Thermowäsche. Trotzdem friert er, wenn das ein passendes Wort wäre. „Wir friertesten", hatte der Vater immer gesagt. Aber etwas Anderes gemeint. Es ist sechs Uhr wie an jedem Morgen. Die Kirchturmuhr müsste doch die Zeit schlagen. Das gab es zuletzt, als der Krieg dem Ende zuging. Oder ist es umgekehrt richtig? Jacob hört die Stimme seines Vaters: Er erzählt von einem russischen Winter. Er verwendet sparsame Sätze.

Auch dieser Winter schluckt alles. Heute nutzt er nur einen Lungenflügel, den linken. Er pumpt von der Dorfseite her. Dornbusch klingt nach Sommer, nach Wüste, findet Jacob. Aber die Pole sind verrutscht. Das ewige Eis wächst nun hier. Ein herrischer Wind aus dem Norden streift über Land, er hat sich am Wochenende erholt. Großzügig weist er seinen Besitz aus, weit ausgreifende Gesten verteilen den nächsten Schnee. Er lässt nicht nach. Buchstabiert eisige Namen in die Luft, die keiner liest. Kaum erreichen sie den Boden, fallen sie lautlos in sich zusammen. Aus den Abständen zwischen den Flocken ließe sich etwas machen, denkt

Jacob. Aber er bekommt sie nicht zu fassen. Direkt vor ihm probiert eine Krähe den Schnee. Sie bohrt sich in grundlosen Boden. Hier gibt es nichts für sie zu holen. Nach einigen Flügelschlägen sieht sie es ein. Ihre Handschrift zittert noch einen Augenblick in ungelenken Linien durch die Luft. Bis die nächste Böe kommt. Sie packt den einsamen Spaziergänger am Genick und schiebt ihn zwei, drei Schritte vor sich her. Kein Mantel hilft gegen den eisstarren Blick, der ihn von hinten trifft.

Aber das ist Jacob egal. Er liebt den Winter. Der macht alle einsam. Weihnachten hat er die Welt verweht. In die Christmette wagten sich nur die unentwegten Bäuerinnen von den umliegenden Höfen. Und der letzte Sturm des Jahres kommt erst noch. Solange bleibt alles, wie es ist. Einmal hält die Welt der Zeit stand. Jetzt, wo er alt ist, weiß Jacob das zu schätzen. Er braucht keine anderen Farben, keine Geräusche. Einmal, denkt Jacob, darf alles anhalten. Das Ende kommt früh genug. Im Schnee, den er wie einen Urlaub nimmt, geht nichts verloren. Alles wartet nur. Das gefällt Jacob, dem Unruhigen. Er holt tief Luft. Seine Bronchien reagieren. Lass sie nur, denkt Jacob, der Geduldige. Er spuckt aus, was ihn gereizt hat. Seine Atemwege stellt er sich als die Straße vor, der er folgt. An den Seiten sind Wegmarker wie Bajonette aufgepflanzt. Irgendwo hinter *Broiers Bruch* rücken die Bagger heran. Sie führen ihren eigenen Krieg. Graben Unterwelt. Schaufeln Tod. Das hat er allen Ernstes gepredigt, am ersten Advent. Er lächelt, zufrieden mit dem Schnee.

Er hat sich vorgenommen, es bis zum *Lühpfuhl* zu schaffen. Früher gab es hier Reiher und in den ersten Sommern des Vaters sogar Störche. Aber sie gingen verloren. Siedelten um. Man fand sie nie wieder. Sie hatten ihre Gründe. Am

Weiher nimmt Jacob sich Zeit für einen Gedanken an sie, als ließen sie sich mit einer geliehenen Erinnerung anlocken. Aber als Jacob nach einer halben Stunde ankommt, rührt sich hier nichts. Kein Tier wagt sich heraus. Das Eis drückt schwer auf das Wasser. Jacob stapft heran, riskiert einige Schritte auf den gefrorenen Belag und wartet. Er kann sein Gewicht spüren, genauer als auf jeder Waage. Wenn er jetzt einbräche, denkt er, bliebe er unter einer transzendenten Platte begraben. Das gefällt Jacob. Den Ausdruck will er sich merken. Hier hat er schwimmen gelernt. Zuerst das Tauchen im brackigen Wasser, bis auf den schlammigen Boden. Der Vater musste ihn retten. Damals hatte er zum ersten Mal die ganze Stille dieser Welt gespürt. Sie kroch in seine Ohren, sank in seine Nase, füllte seinen Mund. Aus diesem Traum hatte er nicht aufwachen wollen. Aber der Vater hatte etwas Anderes mit ihm vorgehabt.

Jacob erinnert sich daran jedes Mal, wenn er seine Runde bis hierhin verlängert. Er schickt, wie gewohnt, ein schnelles Gebet um die Ecke, wo das Kreuz steht. Die Jahreszahlen stecken im Holz fest. 1789, im Jahr der großen Revolution, hat hier ein Blitz den neunzig Jahre alten Pastor Wirsch erschlagen. Ausgerechnet. Was er hier wohl getrieben hat, zur Mitsommerwende? Und was den Eintrag auf dem Kreuz veranlasst haben mag: *Leid ons niet in bekoring.* Jacob denkt an Versuchungen und den unglaublichen Einschlag, der die Welt mit tausend Volt verwandelt. Wenn Hitze und Kälte keinen Unterschied mehr machen, weil alles zu schnell passiert. Danach kommt nichts als Schweigen. Kam nichts mehr, mehr als zweihundert Jahre das Schweigen Gottes, der seitdem nichts mehr unternahm. Jetzt zieht er im Eis auf. Holt sich, was er vergessen hat, denkt Jacob.

„Ich werde verrückt", murmelt er und bläht die Backen.

Saukalt ist es. Er bricht auf. Er hatte noch etwas denken wollen, da fehlt etwas. Er hat es vergessen, nichts Wichtiges, aber es fühlt sich an, als müsse er etwas in Ordnung bringen. Als Kind meinte er manchmal, einen Schritt nach links statt nach rechts gemacht zu haben, und alles war wie verhakt, der Tag, die ganze Welt. Das musste er korrigieren. Nur wie? Jacob drehte sich in sich selbst ein, um das Schnittmuster der falschen Bewegung zurückzunehmen. Er lenkte dann mit dem Kopf zur Seite, als steuere er den massigen Schlitten seines Kinderkörpers eine Bobbahn herunter. Dabei wusste er, dass das alles Unsinn war, doch er vermochte nichts gegen die Notwendigkeit, eine entgleisende Welt noch eben rechtzeitig anzuhalten. Wenn der Vater ihn erwischte, konnte es passieren, dass er den Kopf schüttelte.

„Was machst Du, Junge?"

Aber es hätte nichts geholfen, das zu erklären. Wer sollte verstehen, dass mit einem unvorsichtigen Schritt alles aus dem Lot geraten war. Wie ein Seil, das für immer die Zeit verdreht.

„Nichts, Papa."

Hat er das gerade gesagt? Jacob schaut nach, aber er findet nichts. Das nimmt zu, dass er nach den Wörtern schaut, die er gebraucht hat. Und dass er mit den Toten redet. Von denen gibt es immer mehr, denkt Jacob Beerwein.

Blaue Lichter flammen auf. Sonst kann man sie hören. Auf der Landstraße schießt ein Rettungswagen wie ein Spielzeugauto in eine Richtung, die Jacob nur zu gut kennt. Irgendwo hinter der nächsten Kurve ringt ein Mensch um sein Leben. Jacob folgt den aufzuckenden Signalen, bis sie abbrechen. Wie kann etwas schön sein, das den Tod bringt, fragt er sich noch.

2

Etwas stimmt nicht, denkt Jacob als Nächstes, aber er kann es nicht fassen. Angestrengt hört er in den Schnee, der einen transparenten Schutzmantel bildet. Jacob kneift die Augen zu. Kein Wunder, dass er nichts sieht. Nichts. Selbst der Limbus friert zu, denkt Jacob. So kalt ist ihm.

Zu Hause ist der Kamin schon angeheizt. Daran hat er gedacht, bevor er losging. Das Holz reicht noch einen Monat, vorsichtig geschätzt. Melchior hat zur Not den ganzen Stall voll. Der Freund hat noch ganz andere Vorräte gehamstert. Es hat seine Vorteile, wenn man das Haus nie verlässt und sich von Konserven ernährt. Nur Kaffee besitzt er nicht. Melchior hasst Kaffee. Jacob wird, sobald er wieder im Pastorat ist, die erste Tasse des Tages trinken, einen tiefschwarzen Mokka, und dann in Ruhe frühstücken, wenn auch ohne Zeitung. Die liefert derzeit keiner. Jacob mag es nicht, wenn man in seinen Lebensrhythmus eingreift, wenn die Welt gegen seine Rituale verstößt. Aber der Schnee wiegt alles auf, das Kindergefühl von Schneeballschlachten und Schlittenfahrten und wirklichen Abenteuern. Außerdem hat Jacob für Ausgleich gesorgt: Schönberg in einer Einspielung von Inés van Breijden, die sie ihm zu Weihnachten geschenkt hat, in einem Paket mit Spritzgebäck und einer Widmung: *Verklärte Nacht*. Das Päckchen hatte er am Heiligabend vor seiner Tür gefunden. Nach der Christmette. Inés hatte gefehlt. Den Gedanken, der ihn seitdem beunruhigt, behält er für sich.

Der Rettungswagen kehrt nicht zurück. Hände, die nur

Jacob spürt, haben sich auf seine Schultern gelegt. Ob man erfrieren kann, indem man einfach aufhört? Ohne jeden Anlass aufhört, mit allem? Diese Vorstellung fasziniert Jacob schon seit Langem. Sie treibt ihm mit den Schneeflocken entgegen. Es kostet Jacob Beerwein einige Anstrengung, sich von ihr zu lösen. Er kneift sich in die Nase, wischt über die Augen, streckt seine Zunge möglichst gerade heraus.

„Brrr."

Das Geräusch macht er bewusst. Mit einem energischen Schütteln reibt er die Kristallhaut ab, die sich auf ihn gelegt hat. Aber die kalte Hand, die nach ihm greift, lässt ihn nicht so leicht los. Also entscheidet sich Jacob für das Naheliegende. Setzt einen Fuß vor den anderen und schaut nicht zurück. Zählt Schritte, um nicht vom Weg abzukommen. Kämpft sich dem Kaffee entgegen. Zu Hause wird er sich vor den Kamin setzen, in seinen Lesesessel, und die verschlissene Steppdecke um die Beine schlagen, die der Vater bei Frost auf die Orgelbühne mitnahm, *für alle Fälle*. Bei seinem Pott Kaffee, schwarz, ohne Zucker, will er durch die ZEIT stöbern, die übers Jahr liegen geblieben ist. Jacob hat sie sich aufgespart. Er holt in diesem Winter die Nachrichten aus dem Sommer nach. Eine Stunde gönnt er sich, jeden Morgen. Manchmal döst er ein. Aber heute nicht. Jacob ist entschlossen. Er wird sich an seinen Schreibtisch setzen, den er an die Fensterseite seiner Bibliothek gestellt hat. Gegenüber wohnt M. Fünftausend Bände verteilen sich in den deckenhohen Regalen, manche doppelt besetzt. Es stellte eine Herausforderung dar, sie im Pastorat aufzubauen. Manchmal fragt er sich, wer seine Bücher einmal übernehmen soll. Melchior interessiert sich einen Dreck für Theologie. Obwohl er viel vom Tod hält. Aber der Gedanke führt Jacob nicht weiter. Er verzettelt sich. Er kennt das. So verläuft sein Leben, denkt er, und stemmt sich einer Schneeböe entgegen, die ihn von vorne trifft. Dabei hat er sich mit dem Eintritt in den Ruhestand entschlossen, die Biografie noch einmal aufzunehmen. Jacob Beerwein überschlägt die Zeit, die bleibt. Vielleicht zwei gute Jahre, schätzt er, beim nächsten Schritt vorwärts. Wenn er sich nicht verrechnet. Im Rechnen war er nie gut. Ob zwei Jahre reichen, um das erstaunliche Leben des Kasper Bareisl in eine Form zu bringen? Es zu schreiben, *sein* Buch zu schreiben? Es ist Jacob nicht gleichgültig, aber es gibt nicht den Ausschlag, dass es kaum jemand lesen wird. Er ist es sich schuldig. Und Kasper Bareisl. Ihm bestimmt. Jacob hat eine Schwäche für vergessene Menschen.

Hinter ihm bellt etwas. Das kann nur Tons Hund sein. Jacob wendet sich um, aber er sieht nichts. Stattdessen schaut er auf seine Uhr. Fast eine Stunde vorbei.

„Bin ich eingeschlafen?"

Wieder murmelt er. Das muss aufhören. Außerdem sollte er längst weiter vorangekommen sein. Er wendet sich zur Seite. Rechts. Falsch. Für einen Moment hat er die Orientierung verloren. Die dichter fallenden Flocken nebeln ihn ein.

„Ich habe die Zeit weggelassen", raunt er und beschließt, diese Formulierung zu behalten, um sie an Melchior weiterzugeben. Der braucht solche Sätze. M nimmt sie und baut sie um. Der Freund hat eine Kartei für *gute Sätze* angelegt. Jacob blättert sie manchmal durch und entdeckt eigene Gedanken, mit denen Melchior Grabsteine bestückt.

Sonderbares Geschäft, denkt er, was wir da von unseren beiden Straßenseiten her betreiben. Melchior kann nichts daran finden. Aber der glaubt auch nicht an Gott. Jacob schmunzelt vor sich hin und wartet darauf, dass es noch einmal bellt. Nichts. Eine Einbildung.

„Passt ja", grummelt er und geht weiter. „Warum bin ich heute nur so langsam? Und so müde?"

Den gestrigen Abend haben die Freunde gründlich betrieben. Melchior verträgt mehr als Jacob, das war schon immer so. Nach drei Flaschen Bier reicht es für ihn. In der Regel. Aber Melchior hatte einen Whiskey ausgepackt.

„Zur Feier des Abends."

Jacob hatte ihn überrascht angesehen.

„Du hast was zu feiern?"

Melchior hatte nicht geantwortet, stattdessen zwei Fingerbreit eingeschüttet und ihm zugeprostet.

„Probier einfach."

Der Whiskey hatte nach der Beschreibung geschmeckt, die Melchior vorlas. Jacob kennt sich mit Whiskeys nicht aus, doch mit dem ersten vorsichtigen Schluck war ihm klar, dass Melchior wirklich etwas zu feiern haben musste. Der hatte sich ausgeschwiegen und auf das Spiel konzentriert, das sie im Fernsehen verfolgten. Wenigstens spielten die Engländer zu dieser Zeit noch. Trotz Schnee. Es war ein Pokalspiel, das sich eine Verlängerung bis zum Elfmeterschießen nahm. Danach war Jacob schwer ins Bett gekommen.

Die Nacht verlief unruhig. Erst musste er auf die Toilette, dann riskierte er einen Schritt in die Kälte des Treppenhauses, um in die beunruhigenden Bewegungen des alten Pastorats zu lauschen. Manchmal knarrten die Dielen ohne Grund. Geheime Bewohner unterhielten sich im Holz. Seine Ängste würde Jacob nie loswerden. Bis heute versicherte er sich manchmal, dass sich niemand im Haus und lächerlicherweise unter seinem Bett versteckt hielt. Dann schwemmte der Whiskey Bilder hoch, die Jacob lange nicht mehr belästigt hatten. Als Jacob um fünf Uhr von seinem unnachgiebigen Wecker aufgeschreckt wurde, erinnerte er sich halb verschämt, halb belustigt an die Erektion, die ihn durch die Nacht getrieben hatte. Da lebte etwas auf eigene Rechnung in ihm.

„Immerhin", hatte er sich gesagt. „Ist doch mal was, oder?" Aber das blieb ein vorgelagerter Aspekt seines Morgengebets.

Jetzt streift Jacobs Blick über Dorf und Land. Er strengt die gereizten Augen an. Sie jucken dornrot. Manchmal kann Jacob Farben spüren. Im Frühling riechen, im Sommer schmecken. Noch so etwas, denkt er.

Der Kirchturm ragt aus der Senke hervor, in die man Dornbusch gebaut hat. Er wirkt so vertraut, der eigentliche Anhaltspunkt seines Lebens. Mehr als ein halbes Jahrhundert hat sein Vater hier Küsterdienste versehen und die Orgel gespielt. Die Posten sind längst vakant. Niemand wird sie nachbesetzen. Der Gedanke macht Jacob manchmal traurig, aber nicht heute. Jacob Beerwein ist woanders. Er genießt die wilde Verrücktheit eines Himmels, der auf den Feldern festfriert. Er knirscht unter seinen massiven Schuhen.

Jacob hat sie eigens angeschafft, als er vor einem Jahr hierhin gezogen ist. Seitdem dreht er seine Runden. Morgens, abends. Nach den Laudes. Nach der Vesper. Eine Stunde braucht er für die Schleifen, die er wie langgezogene Gedanken hinter sich im Schnee verfolgen kann. Unsichere Linien, zaghafte Kurven, wo er den Straßenverlauf vermutet hat, Schritte wie plötzliche Einfälle. Er betrachtet sein Werk. Setzt seinen Weg fort. Hört Schnee flüstern. Wenn er lange genug in die Wirbel schaut, verliert sich die Schwerkraft, und er meint, es zöge ihn etwas nach oben. Aber das ist Unsinn. Trotzdem: Jeder weitere Schritt, mit dem er sich auf St. Thomas zubewegt, macht alles leiser.

3

Sie sind nicht verabredet. Aber Ton van Breijden kommt. Elegant. Allein. Schon auf den ersten Blick vermisst Jacob die zierliche Gestalt von Inés. Schade, denkt er, und findet das sofort unverhältnismäßig. Sie treffen sich meist auf der Höhe von Coenen. Zweimal in der Woche hat die Gaststätte noch geöffnet. Sonntags nach der Messe, die seine schrumpfende Gemeinde aus sentimentaler Gewohnheit besucht, wie Jacob argwöhnt, gibt es den Frühschoppen. Und am Freitagabend setzt die alte Mutter Coenen ihre Reibekuchen vor, manchmal auch Panhas, saisonbedingt. Jacob lässt sich beides ungern entgehen. Er mag diese Kneipe. Er freut sich auf das erste Altbier am Abend, den malzigen Nachgeschmack auf der Zunge. Jacob betrinkt sich nicht, aber er sitzt gerne an der Theke.

Ton van Breijden ist dafür zu reserviert. Er bewohnt den ausgebauten Vierkanthof am Übergang zum *Willebrand*. Wenn er nicht auf Konzertreise unterwegs ist, schließt er sich in seinem Studio ein. Aber Inés taucht manchmal auf, und Jacob genießt es, wenn sie sich zu ihm an die Theke setzt, zu seinem Platz an der äußersten Ecke, den man respektvoll für ihn freihält. Früher hat sein Vater hier immer gesessen, und Jacob war stolz, wenn er als junger Kerl mitdurfte. Es hatte auch Vorteile, wenn man ohne Mutter aufwuchs, zu zweit, unter Männern. So kam Jacob früher ans Altbier. Der Vater liebte den *dunklen Ernst des Getränks*, wie er sich ausdrückte. Seinen kunstvollen Bariton stellte er dann betont andächtig ein. Aber das Bier machte ihn auch traurig, noch trauriger als ohnehin.

Inés trinkt keinen Alkohol, und sie isst auch selten etwas, vermutet Jacob, aber sie mag die Atmosphäre in diesem urtümlichen Lokal, das sich in den letzten hundert Jahren nicht verändert zu haben scheint. Deshalb kommt sie, und wegen Jacob. Will er glauben. Selten spricht sie von sich selbst.

„Ein bisschen ätherisch, was?", hat Melchior einmal gemeint.

Aber der kann viel meinen, denkt Jacob nicht nur jetzt. Inés ist einfach zurückhaltend, vielleicht auch vorsichtig. Ihr Mann heißt eben van Breijden. Während sie auch nach beinahe zwanzig Jahren die zweite Frau bleibt, *die Katalanin*.

Zu Jacob hat sie Vertrauen gefasst, und wenn sie an seinen Wangen vorbei ihren Begrüßungskuss haucht, kommt sie ihm näher, als sie es wohl ahnt. Meist schaut sie Jacob einfach an und wartet, bis er zu erzählen beginnt. *Von früher*. Das gefällt ihr. Die Fotografien an den Wänden führen durch die Zeit, an ihnen haftet die Geschichte des Dorfes mit den erstaunlichsten Begebenheiten. Wenn Mutter Coenen einmal *nicht mehr kann*, soll ihre Tochter die Familientradition fortsetzen. Aber vorher werden die Bagger kommen. Und Jacob wird nicht mehr erzählen.

Bei Coenen brennen Lichter im Obergeschoss. Jacob ist heute wirklich spät, und Inés fehlt. Gewöhnlich begleitet sie ihren Mann und Shep, den riesigen Hirtenhund, auf ihren Runden durch das Tal, das die *Höhen* einschließen. Einige grimmige Eichen starren herüber. Jacob weiß vom Vater, dass einige seit dem Dreißigjährigen Krieg dem Wald vorstehen. Sie verfügen über eigene Erinnerungen.

Hier treffen sie sich, der Dirigent und der Priester, an der Kreuzung, an der es für Jacob die letzten fünfhundert Meter bis zur Kirche geht. Shep ist streng abgerichtet, aber auch zutraulich. Er mag Jacob. Umkreist ihn. Brummt etwas Freundliches. Also bleibt Ton van Breijden kurz stehen. Er zieht den Hut, eine Anrede spart er sich. Er redet auch sonst wenig.

Ein sonderbares Leben, denkt Jacob. Dann kommt Melchiors Einwand. Der Freund hat es mit allem, was Jacob Beerwein merkwürdig findet.

„Bist halt ein Spießer."

Manchmal erwidert Jacob etwas, stimmungsabhängig. Er wüsste schon gerne, was einen Spießer auszeichnet, wenn er anders sein soll als M. Aber das denkt er sich nur. Es gibt bessere Anlässe, mit Melchior zu streiten. Und auf innere Stimmen sollte auch ein Priester wohl nur im Ausnahmefall reagieren.

Jacob mustert den Dirigenten. Der hat die Augen geschlossen. Ob er auch eine Stimme hört? Ton van Breijden *ist* sonderbar. Jacob bleibt bei seinem Urteil. Die feenhafte Inés denkt er sich gerne weg von dem Dirigenten. In ein Leben, das besser zu ihr passt. Aber was weiß Jacob schon. Von Feen und überhaupt. Einzelne Falten in ihrem Gesicht erzählen von dem, was sie auch Jacob verschweigt. Vermutet er. Wenn sie sich begegnen, lächelt Inés ihm entgegen, schon aus der Entfernung, ohne jede Anstrengung, sie, die so selten lächelt. Jacob hat sich wie jeden Morgen darauf gefreut, ihre schmale, dunkle Gestalt zu sehen. Er kann es nicht beschreiben, ihre Gegenwart macht ihn einfach fröhlich. Vielleicht hätte er sich früher in sie verliebt, denkt er manchmal. Aber sich zu verlieben, war nie sein Temperament.

Jacob schlägt die Handschuhe gegeneinander, aus verschiedenen Gründen. Ton van Breijden scheint auf etwas zu warten. Nicht auf seinen Hund. Ein Hase beansprucht Sheps

Aufmerksamkeit. Unversehens springt er hoch. Dann zerrt er sein Herrchen auf das Schneefeld, und zu Jacobs Überraschung gibt van Breijden nach. Er lässt das Tier von der Leine, und Shep stürmt bedenkenlos auf den Hasen zu. Eine rasante Jagd entwickelt sich, die van Breijden aus der Hocke verfolgt. Er stützt sich auf das rechte Knie und scheint nur schwer hochzukommen.

„Geht es Ihnen gut?"

„Danke der Nachfrage."

Ein kantiger Satz. Es braucht nicht mehr. Also verbietet sich Jacob auch einen Gruß an die Gattin. Er fürchtet Schwierigkeiten, obwohl Eifersucht keinen Sinn macht. Nicht wenn es um Jacob geht. Van Breijden steht wieder aufrecht. Gebeugter als sonst. Er blickt in die Richtung seines Hundes, doch sein Kopf folgt nicht den Haken, die der Hase schlägt. Der Schnee dämpft seinen Blick. Nimmt ihn gefangen. Inés hat von solchen Momenten berichtet, wenn ihr Mann wegkippt, im Gefälle eines musikalischen Gedankens oder vielleicht auf der Suche nach der Frau, die er verloren hat.

Sara van Breijden ist vor vielen Jahren bei einem Unfall ums Leben gekommen. Auf dem eigenen Hof. Beim Fensterputzen gestürzt. Das Gleichgewicht verloren. Das Unglück löste allgemeines Entsetzen aus, auch weil Meier, der *Rettungsmeier*, der den Feuerwehreinsatz leitete, sich später betrunken verredete. Eine Flasche Korn hatte er gesoffen, bei Mutter Coenen, und nachher ausgekotzt. Nicht nur sie. Meier hatte Sara van Breijdens Leiche vom Eisenzaun lösen müssen.

Jacob hatte sich zu Besuch beim Vater aufgehalten, noch zu Studienzeiten. Er kannte Sara, sie waren zusammen in die Grundschule gegangen. Ein anderer Typ als Inés: blond, *üp-*

piger. Jacob fällt kein besseres Wort ein. Klug war sie, das weiß er sicher. Und dass sie van Breijden geheiratet hatte, als sie kaum zwanzig Jahre alt war. Der besaß Geschmack. Und er bekam, was er wollte, ohne sich anstrengen zu müssen. Ihm flog die Welt zu, denkt Jacob, und dann weicht der Gedanke vom Weg ab, findet dieses andere Bild, das sich mit Schnee vermischt ...

Jacob sucht van Brejidens Blick. Aber der schaut in den Himmel, mit dem er seinen eigenen Vertrag hat. Vermutet Jacob. So klingt auch die Musik, die er dirigiert: bestimmt. Damals war van Breijden schon eine bekannte Figur. *Person des öffentlichen Lebens.* Beinahe berühmt. Etwas in der Art. „Ein Sohn Dornbuschs", hatte jedenfalls der alte Pastor Loosen ehrfürchtig geraunt, wenn van Breijden ihn gelegentlich besuchte. Ob er bei ihm beichtete?

Jacobs Vater hatte den Mann nie gemocht. Ohne etwas zu sagen. Brauchte er nicht. Beim Requiem hatte Jacob ministriert. Er konnte dem zehn Jahre älteren Witwer damals ins Gesicht schauen: ein Block, der sich ihm jetzt zuwendet.

Van Breijden scheint etwas sagen zu wollen, überlegt es sich aber anders und wendet sich ab. Seinen Hut zieht er kein weiteres Mal.

4

Gott macht eine Pause. Der Schneefall lässt allmählich nach und hört mit einem Mal ganz auf. Jacob blickt nach oben. Kein weiteres Kommando erfolgt. Still und bewegungslos wird die Welt, wie der Kirchturm, der einfach standhält. Vor der Haustür schüttelt sich Jacob den Schnee gründlich vom Mantel und zieht die Schuhe aus. Auf Strümpfen betritt er das Pastorat. Zwei Paar hat er übereinander gezogen. Geholfen hat es nichts. Er spürt seine geschwollenen Füße kaum. Rücksichtsvoll jongliert er seine vereisten Sachen durch den Flur. Jeden Morgen um acht Uhr kommt Frau Haverkamp, die ihn versorgt und für ihn putzt. Wäsche macht. Sogar Socken stopft. Bei den Gottesdiensten hilft sie als Küsterin aus. Oft sitzen sie werktags zu zweit in der Kirche. Gott ist einsam geworden in Dornbusch. Das bedrückt Jacob mehr, als er eingesteht. Manchmal gesellt er sich zu seinem Gott. Nimmt in einer Kirchenbank Platz und wartet auf etwas, was er selbst nicht zu sagen weiß. Er glaubt an einen unaufdringlichen Gott.

Jacob schaut auf die Schlieren, die den Flur bedecken. Frau Haverkamp wird einiges zu tun haben, denkt er und rekonstruiert die Spuren, die er hinterlassen hat. Ein dünner, wässriger Arm greift unter die eisenbeschlagene Holztür, die ein anderes Jahrhundert zu verschließen scheint, aber nur das Pfarrbüro abtrennt. Seit St. Thomas keine eigenständige Pfarrei mehr ist, hat man sogar die wöchentliche Sprechstunde in die Stadt verlegt. Ein leerer Raum mehr. Der Rendant von St. Judas kommt einmal im Jahr, der buckelschiefe

Gebert, den Jacob noch nie zu einer Tasse Kaffee eingeladen hat. Man muss nicht alles tun, denkt er, mit dem Anflug eines schlechten Gewissens, als er die hintere Tür aufschließt, die zur Treppe führt. Jacob wohnt im ersten und zweiten Stockwerk. Unter dem Dach befinden sich das Bad, sein Schlaf- und ein Gästezimmer. Jacob hat es so belassen, wie es war. Auch wenn er nie Besuch empfängt. Zumindest keinen, der übernachten würde. Er ist froh für die Ruhe, die er sich nicht mehr nehmen lassen will. Wen sollte er auch einladen? Die Jahre in den anderen Gemeinden hat er hinter sich gelassen.

Er geht in die Küche, stellt die Thermoskanne mit dem Kaffee, den er vorsorglich aufgebrüht hat, auf das Tablett mit dem Schwarzbrot von Frau Haverkamp. Aus dem Kühlschrank nimmt er die Platte, die sie ihm abends bereitstellt: Aufschnitt, Käse, Rübenflitsche. Selbst gemacht. Nur das Frühstücksei muss Jacobs selbst kochen, bevor er morgens losmarschiert. Sieben Minuten hart, hat er es in eine der winzig grauen Zipfelmützen gepackt, die noch von seiner Mutter stammen. Manchmal streicht Jacob über das, was sich nie auswaschen lässt. Aber heute überwiegt der Appetit. Er packt das labile Ensemble mit der linken Hand und steigt gelenksteif die Treppe hoch, noch ein Abenteuer. Mit der Kanne als Richtwert muss er sein eigenes Gewicht balancieren. Jeden Tag eine Erstbesteigung, denkt Jacob, und bleibt schließlich auf dem Treppenabsatz stehen. Luft holen, das muss er inzwischen eigens *denken*. Er braucht das Wort, als setze es erst in Gang, was sich da in seinem immer enger werdenden Gehirn abspielt. So stellt er es sich vor: *enger* wird es …

Unter der Türritze des Wohnzimmers, das Jacob in seine Bibliothek verwandelt hat, spürt Jacob einen Zug kaminwarmer Luft. Sie kitzelt an den Zehen. Jacob tut die letzten erforderlichen Schritte und kommt an. Alte Freunde erwarten ihn. Früher hat Jacob seine Bücher auf Karteikarten geführt, aber die letzte Inventur ist Jahre her. Es macht keinen Sinn. Manchmal verstecken sich die Bände, die er sucht. Ein fremder Geist spielt hier auf Jacobs Rechnung. Denkt er manchmal. Nach dem letzten Umzug hat er jedenfalls die Ordnung nie mehr herstellen können. Er versteht das eigentlich nicht. Aber so ist es.

Das Licht in der Bibliothek ist warm wie erzählt, und der Kamin tut, was er tun muss. Jacob hat als Kind Stunden vor dem Feuerofen verbracht, den der Vater unterhielt. Von hierher stammt seine Lust an Geschichten und Geschichte. Das lässt nicht nach.

Jacob stellt das Tablett auf dem Lesetisch neben seinem Sessel ab und beginnt. Das Ritual ist schlicht. Erst zieht er die Decke wie einen Vorhang auf, eine bescheidene Aufführung: bis über die Knie, eingeschlagen zwischen den Beinen, die Füße kompakt verschlossen. Dann folgt der Kaffee, schwarzes Temperament im Becher. Während er sich die erste Scheibe Brot mit grober Leberwurst fingerdick streicht, kostet er vorsichtig, ob die Mischung stimmt. Jacob hat seine eigenen Vorstellungen von gelungenem Kaffee. Bevor er wirklich beginnt, schlägt er sein Frühstücksei auf. Das gönnt er sich, seit er sich in den Ruhestand verabschiedet hat. Sein Bischof hatte ihn befremdet, beinahe entsetzt angesehen, als Jacob ihm erklärte, er werde mit der Vollendung seines 65. Lebensjahres in Pension gehen. *Werde*, nicht *wolle*. Das hatte Jacob geübt.

„Sie sind Priester und kein Angestellter."

„Exzellenz, das ist ein Missverständnis. Ich bin beides. Und ich mache von dem Gebrauch, was mir zusteht."

Das klang energischer, als es Jacob gewöhnlich war. Dann

fügte er, nicht um seinen Bischof zu ärgern, die Sache mit dem Frühstücksei an.

„Dafür habe ich mein Leben lang keine Zeit gehabt. Die nehme ich mir jetzt."

„Sie scheiden aus dem Dienst, um morgens ein Ei zu essen? Habe ich Sie richtig verstanden?"

Der Bischof hatte seine Hände vor dem Brustkreuz gefaltet, in das sich sein orthodoxer Bart mit einigen grauen Fasern verstrickte. Jacob hatte den melancholischen Glaubenskämpfer vor ihm angeblinzelt. Er beneidete ihn um die kaum enttäuschte Selbstgewissheit seines Standes, mit der er sich in seinen Sessel zurückfallen ließ. Er wird im Sitzen größer, nicht kleiner, dachte Jacob, und dachte an mehr, an seinen eigenen Glauben und an die Müdigkeit, die er in ihm auslöste.

„Darauf läuft es wohl hinaus", fügte er an, wie man eine Akte schließt. Sein Gegenüber berührte mit dem linken Zeigefinger sein Pektorale, als wolle er sich vergewissern, dass es noch an seinem Platz war. Jacob war das verkümmerte Fingerglied noch nie aufgefallen: die obere Kuppe fehlte. Ein wulstig vernarbter Stumpf strich die Kontur eines eingelassenen Steins nach. Jacob wusste nicht, was ihn daran beruhigte. Er spürte ein resigniertes Einverständnis, ein Gefühl von Mitleid, das sie füreinander aufbrachten, jeder von seiner Position aus, eine unmerkliche Verschiebung der Raumtemperatur. Der eine Strich auf der Skala zwischen geteiltem Glauben und dem, was danach kommt.

Am Ende handelte der Priester mit seinem Bischof aus, dass er nach Dornbusch ziehen werde, um die dortige Gemeinde zu betreuen. Das passte in keinen Pastoralplan, aber es gab Gründe, die auch den Bischof überzeugten. In spätestens drei Jahren würde das Dorf von der Landkarte verschwinden, und eine Kirche, die man noch bewirtschaftete, ließ sich gegen einen Betrag aufrechnen, der andere Probleme zu lösen erlaubte. Davon hat der Bischof genug. Er ist ein kluger Mann. Ein angenehmer. Jacob kann sich ihm zumindest grundsätzlich verständlich machen. Und mehr als drei Jahre braucht er nicht.

5

Jacob sitzt vor dem Ei. Eine Kerze brennt, der Kaffee hilft schon beim ersten Schluck. Gegenüber scheint Melchior aufzuwachen. Er hat Licht gemacht. Hinter den Gardinen bewegt sich ein Schatten. Nach so vielen Jahren haben sich die beiden Freunde wieder auf Sichtweite angenähert. Mit einem Priester hatte Melchior eigentlich nichts zu tun haben wollen. Er hatte es Jacob vor der Weihe geschrieben, in seiner schräg gestellten Handschrift. Lauter Hieroglyphen. Jacob hatte darin den letzten Versuch des Freundes gesehen, ihn vor einem Unglück zu bewahren. Ausgerechnet Melchior. Der selber allein lebt, ein Leben lang. Der die Toten verwaltet.

„Er knöttert sich durch sein Leben", hatte der Vater einmal bemerkt. Das war liebevoll gemeint. Melchior und der alte Beerwein hatten sich ausnehmend gut verstanden. Sie ersetzten einander etwas, das Jacob ahnte, aber beide nie aussprachen. Neunundzwanzig Jahre hatten diese beiden Eigenbrötler auf Nahsicht gewohnt, der Vater in der alten Küsterei, die seit seinem Tod leer stand. Baufällig wie das ganze Dorf. Jacob hatte deshalb das Pastorat beziehen müssen, als er zurückkehrte. Aber auch wenn das Haus seiner Kindheit allmählich verfiel, genoss er die bloße Nähe des Gebäudes. Erinnerungen zogen durch die Räume. Der Schnee fasste sie ein, wie zum Schutz gegen den unvermeidlichen Abriss.

Jacob liebte die Ruhe, die von diesem Ort ausging. Der Vater hatte sie wie ein Erbstück hinterlassen. In den Sommerferien kam Jacob regelmäßig zu Besuch. Er übernahm die Vertretung für den immer gebrechlicheren Pfarrer Loosen, der den Gott der Psalmen mit Münsterländer Wacholder beschwichtigte.

„Hopfen und Malz, Gott erhalt's!", hatte er gebetet, bis zum Schluss, den die Angst in ihm machte. Sie hatte mehr als nur ein Organ befallen. Keine Kur konnte den Mann retten.

Vater und Sohn teilten, was der alte Loosen hinterließ: den Raum, wenn sonst niemand kommt. An Werktagen hatten die beiden Beerweins die Kirche oft für sich. Feierten Gottesdienste zu zweit, allein mit dem Gott, der sich nicht vertreiben lassen wollte. Kein Bagger kam ihm zu nahe.

Jacob hatte gehofft, dass er auch in seinem Ruhestand Zeit mit dem Vater verbringen könnte. Seit er begonnen hatte, Worte mit Dingen zu verwechseln, ahnte er, dass er nicht viel Zeit brauchen würde. Aber man darf Gott nicht überfordern, dachte Jacob, im Nachhinein. Der Vater ist vor zwei Jahren gestorben, mit 94. Ein Gedanke war in ihm eingeschlafen, so hatte er ausgesehen, als man ihn fand. Sagte Melchior.

Jacob feierte die Exequien. Geleitete den Vater in seinem schlichten Sarg dahin, wo er es sich ausgesucht hatte. Den Blick in das offene Grab vermied der Sohn. Irgendwo dort lag die Mutter. Jacob hatte sie erwähnt, in den Sätzen, aus denen er ein Leben machte, das es nie ohne den Vater gab. M hatte in der letzten Kirchenbank wie die Aufsicht über das gesessen, was sich vorne am Altar vollzog. Dieser Freitag bestand aus schwarzer Masse, aus unnachgiebiger Einsamkeit, wie sie Jacob seit dem Tod der Mutter nicht empfunden hatte. Die Sakristei roch noch nach dem Vater, seinem strengen Rasierwasser, und die Kasel, die Jacob überstreifte, hatte ihm der Vater zuletzt gereicht. Es war das letzte Mal gewesen, dass Jacob die Kirche so voll gesehen hatte. Die Dornbuscher hatten es sich nicht nehmen lassen, ihrem jahrzehntelangen Küster und Organisten das *letzte Geleit* zu geben. Jacob mochte den Ausdruck, er ließ niemand allein. Er sah in Gesichter und spürte eine tiefe Dankbarkeit, dass sie den alten Mann nicht allein ziehen ließen. Das hätte dem Vater gefallen.

„Ist ja wenigstens einmal zu was nutze, was Du so treibst."

Zischte Melchior, nachher, bei einem Schnaps, der nichts wärmer machte. Trotzdem versuchte der Freund, traurig zu lächeln.

„Der alte Mann wird mir fehlen."

Mehr Anerkennung ging nicht. Melchior stopfte seine Pfeife mit dem Kraut, das Bauer Sackes für ihn anbaute. Oder in Holland für ihn besorgte. So roch es jedenfalls, und so wirkte es. Davon profitierte auch Jacob, wenn sie an manchen Abenden lange genug beieinander saßen. Seit einem Jahr spielten sie ihre Studienzeit nach, die Bonner Jahre, in denen sie sich eine Wohnung in Poppelsdorf geteilt hatten. Gleich nach dem Abitur hatten sie ihre WG bezogen und ausgiebig studiert. Jacob hatte mehrere Anläufe benötigt, um herauszufinden, was er beruflich machen wollte. Am Ende wurde er Priester. Katholischer Priester. Er hatte es Melchior wie in einer Beichte gestanden, da war schon alles mit dem Regens abgesprochen.

„Klemmst Du Dir jetzt was ab?"

Eine berechtigte Frage, hatte Jacob gedacht. Nur dass es ihm nicht so viel ausmachte wie dem Freund.

„Noch ein klerikaler Untersetzer mehr? Was willst Du werden? Papst? Das ist doch der Einzige in diesem Laden, der was ändern kann."

Damals glaubte Melchior an die Weltrevolution, wenigstens ein bisschen. Was ihn um Nuancen von Jacob unterschied. Der hatte sich alles genau überlegt. Mit Gott. Und mit seiner Dissertation. Jacob wollte über den *Doctor Bareisl* arbeiten, diesen niederrheinischen Landsmann, der mitten im Dreißigjährigen Krieg einen erstaunlich modernen Traktat über das Reich Gottes verfasst hatte. Die Macht der Mächtigen solle mit der Freiheit ihrer Untertanen wachsen. *Participatio in potentia creantis Dei.* Und manches mehr. Kasper Bareisl hatte ein aufregendes Leben als Jurist im Dienst seiner Kirche geführt. Er stand unmittelbar vor einer Reise, die ihn in bislang nicht erforschter Mission ins Heilige Land führen sollte, als er von einer Truppe versprengter Kaiserlicher niedergeritten wurde. Er hatte im Weg gestanden.

„So geht es dahin", hatte Melchior gemeint oder vielmehr gebissen. „In der Geschichte geht es nur um Widerstand. Konkreten Widerstand."

„Ich will eigentlich seine Biografie schreiben."

„Du verstehst gar nichts."

Jacob verstand tatsächlich nicht. Obwohl er vor der Wut seines Freundes einen gewissen Respekt empfand, schon weil sie ihm selbst fremd war. Er hätte sich gerne begeistern lassen. Aber so stand er nicht einmal zu seinem Gott, der eine unaufdringliche Existenz in ihm führte.

„Als Nächstes lädst Du mich zum Häuserkampf ein, was?"

Darüber konnte Melchior nicht lachen.

„Ich meine es ernst."

„Bei einem erlesenen Glas Wein."

„Arschloch!"

„Sag ich ja."

Melchior kochte seine politische Generalwut jeden Tag frisch auf. Manchmal befürchtete Jacob damals, er könne den Freund an die RAF verlieren. Wie im Untergrund lebte er schon lange. Aber ein Vollzugsorgan des bewaffneten Widerstands? Dafür blieb M wahrscheinlich zu sehr der Anarchist, der er schon in der Schule gewesen war.

„Und was willst Du konkret unternehmen? Mit aufgepflanzter Pfeife den Klassenfeind im Kuhdung ersticken, den Du rauchst?"

„Immer noch Arschloch!"

Aber Melchior musste grinsen. Die Wahrheit kennt keine Ironie, fiel Jacob ein. M wäre eindeutig besser zum Priester geeignet, dachte er, gar nicht spöttisch. Der Freund packte seine Pfeife aus und stopfte nach.

„Hmm. Riecht tatsächlich nach frischer Landwirtschaft. Aber entspannt enorm."

„Bei einer Revolution der Entspannung stell ich mir tatsächlich eine Hauptrolle für Dich vor."

„Schnauze. Das ist dialektischer Materialismus."

Melchior versuchte weiter vergeblich, seine Pfeife anzuzünden. Das letzte Streichholz gab nicht mehr als ein klägliches Zischen ab.

„Schöner Brandstifter!"

„Das hat Deine Kirche besser drauf."

„Uns fehlt inzwischen die Routine."

„Und mir der Nimbus."

„Stimmt. *Terror im Rollstuhl* klingt nicht nach Schlagzeile. In dem Beruf findet man auch selten Gelegenheit, Konzerte zu besuchen."

Das Argument hatte M überzeugt. Melchior war während des Studiums mit seinem Rollstuhl durch halb Europa gereist, um erst irgendwelche Punk-Bands zu bestaunen und sich dann den dunklen Weihen von *The Cure* hinzugeben. Jacob verstand davon nichts. Nur beim Fußball trafen sich ihre Interessen. Melchior war früher einmal ein begabter Stürmer gewesen. Als Kind.

Das Nervengift des Unfalls verteilt sich immer noch in Jacobs Blutbahn. Es lähmt ihn, sobald er an das Leben denkt, das der Freund hätte führen können. M winkt das zornig ab. Jacob beschleicht manchmal der Verdacht, dass nichts anders gewesen wäre. Dass M genauso gelebt hätte: zornig, zurückgezogen, abgeschnitten. Und dass er es selbst weiß. Was nichts leichter macht. Früher fiel Melchior alles leicht, nicht nur, wenn er mit einem Ball Dinge anstellte, die schwer zu verstehen waren. Zehn war er damals. Er wurde nie älter als zehn Jahre, zwei Monate und den einen, verdammten Tag. Er geht nicht vorbei.

Heute organisiert Melchior einen gigantischen Friedhof im Internet. Virtuelle Gräber, ausgestattet mit Bildern und Dateien zu den Toten. Früher fand man sie nur im Netz, inzwischen ruft man sie mit einem Barcode ab, der an den Grabstätten angebracht ist. Es existiert ein Kondolenzbuch auf einer eigenen Homepage, dazu Bilder, Texte und Musik der Verstorbenen, zunehmend häufiger sie selbst. Sie reisen auf Clips durch die Gegenwart.

M war der Erste, der so etwas professionell aufbaute. Er sicherte sich früh alle erforderlichen Lizenzen, brauchte aber die Neunziger, um sich zu etablieren. In den 2000-er Jahren erfolgte der Durchbruch. Seitdem herrscht er vom Rollstuhl aus über seine Nekropole. Einmal im Jahr reist er nach Norwegen, bleibt einen Monat an seinem Fjord, jeden Juni, und bezieht dann wieder das Schulhaus.

Jacobs Großvater und Vater haben hier lesen und schreiben gelernt und die katholische Schwerkraft der Gegend in sich aufgenommen. Der Pfarrer erteilte den Religionsunterricht, handfest, wo er Bedarf sah, und der Volksschullehrer begann und beendete seine Rechenstunden mit einem Gebet. Nicht immer zum Heiligen Geist. Nach dem Krieg war damit Schluss. Die Kinder des Dorfes mussten mit dem Bus über den Berg fahren, um zur nächsten Schule zu gelangen. Hinter dem Berg waren sich die beiden Freunde begegnet. Was man so Berg nennt, denkt Jacob. Im Wald, der ihn einspannt, existieren noch Gräben der alten Landwehr. Im Dreißigjährigen Krieg hat es hier ein wildes Gefecht gegeben, das einige Gräber auf dem Dorffriedhof bezeugen. Melchior liebte es, hier zu spielen, auf den *Höhen*, und Jacob begleitete ihn, obwohl es unheimlich war.

Jacobs Großmutter hatte vor vielen Jahren, noch vor dem Ersten Weltkrieg, auf der Landstraße einen Wortfetzen aufgeschnappt, der ein Liebespaar an den Galgen brachte.

„Wir holen ihn am Wegkreuz ein", hatte die Frau im Vorbeigehen gesagt. Und sie kriegten ihren Ehemann tatsächlich.

Melchior kam schon bald jedes Wochenende zu Besuch. Seine Eltern ließen das zu. Sie ließen alles zu. M hatte das unbewohnte Schulhaus sofort angezogen. Es stand leer, enthielt aber Geräusche. Es lud förmlich zu nächtlichen Expeditionen ein, um den Lichtern auf die Spur zu kommen, die man hin und wieder beobachten konnte. Hier hielten sich definitiv Gespenster auf. M verfügte über eine sichere Expertise. Es machte ihm einen Riesenspaß, sie zu jagen, mit einer Taschenlampe in der einen und einem Fahrtenmesser in der anderen Hand. Jacob verbarg seine Sorgen vor dem, was im Dunkeln lauern konnte, mit einem Schuss aufgeklärter Vernunft. Die hatte er vom Vater. Der las viel.

Damals waren sie sechs Jahre alt, vielleicht doch schon

sieben, nicht älter, nicht viel älter als heute, denkt Jacob jetzt und vergewissert sich, dass es gegenüber noch immer dunkel ist.

„Was willst Du mit dem Messer? Man kann Gespenster nicht aufschneiden."

Jacob war immer schon klüger gewesen. Und Melchior schneller.

„Die vielleicht nicht, aber Dich bestimmt."

„Das ist doch doof. Wenn Du mich abmurkst, werde ich zu einem Gespenst. Dann hast Du eins mehr am Hals."

Hatte Jacob das wirklich gesagt? Zumindest wollte er sich so an diese erste Diskussion mit dem Freund erinnern, den er insgeheim immer bewundert hatte. Alle mochten M, und wenn der diesen dicklichen, schwerfälligen Küstersohn im Schlepptau hatte, musste ja wohl auch an Jacob etwas sein.

Jedenfalls brachte sie niemand mehr auseinander. Sie hielten die Jahre auf der Grundschule und auf dem Gymnasium gemeinsam durch, bekriegten sich, betranken sich, debattierten sich einmal um die Welt und teilten die eine Geschichte, die niemand sonst mit ihnen teilen konnte. Schließlich zogen sie nach dem Abitur zusammen ins Studium. Wie man auszieht, das Fürchten zu lernen, denkt Jacob noch heute, wenn ihm das erste Semester im verregneten Bonn einfällt, in dem er nicht wusste, was er in den Vorlesungen und Seminaren verloren hatte.

Auch als Jacob sich ins Priesterseminar verabschiedete und in den Jahren und Jahrzehnten danach, sahen sich die Freunde in Jacobs Ferien. Jacob weiß, dass sich Melchior das viel zu große Gebäude gesichert hat, um diesen Ort zu retten. Die Vergangenheit. Sie beginnt nach dem Unfall. Sie reden darüber nicht. Die Mutter bleibt tot und Melchior in seinem Rollstuhl.

Als Melchior die Dorfschule kaufte, befand sie sich in einem schlimmen Zustand. Dafür kostete sie fast nichts. Die Stadtverwaltung hatte Pläne für den Abriss öffentlich gemacht und Melchior mit einem interessanten Angebot reagiert. Über die Summe sprach er nie, aber mit seinem Friedhof hat er finanziell ausgesorgt. Jacob weiß, dass ihm ein amerikanisches Portal ein Angebot unterbreitet hat. M könnte sich das ganze Dorf leisten, wenn er es darauf anlegte.

Inzwischen ist das Haus so umgebaut, dass Melchior problemlos beide Etagen nutzen kann. Oben befindet sich sein Reich: Auf siebzig offenen Quadratmetern hat M einen Raum für seine PCs, die Musikanlage, seine Tausende CDs und den überdimensionalen Flachbildschirm geschaffen. Es gibt einen Treppenlift und alle anderen Vorrichtungen, die ein Mensch wie Melchior benötigt. Je nach Bedarf erhält er externe Unterstützung. Er hat einen Vertrag mit einer Pflegestation ausgehandelt, das reicht ihm. Irgendwann, das ist klar, wird er eine eigene Pflegerin benötigen. Sie könnte unten einziehen, aber so, wie es aussieht, wird auch M Dornbusch vorher verlassen müssen. Jacob dürfte das nicht mehr betreffen. Das ist einer der Gedanken, die nach ihm greifen. Die Jacob mit wirklicher Angst erfüllen. Er hat Angst um den Freund. Um sein Leben *danach*. Dabei ist M das Alleinsein gewohnt. Melchior überwintert sein Leben.

6

Die Vorhänge auf der anderen Straßenseite gehen auf, aber Melchior verhüllt noch seine Gestalt. Er offenbart sich in der Regel erst spät.

Jacob räumt den Frühstückstisch auf und nimmt seinen gewohnten Rhythmus auf. Von neun bis zwölf Uhr sitzt er an seinem Manuskript. In den letzten zehn Monaten ist es auf knapp siebzig Seiten gewachsen. Jacob schreibt langsam. Alles, was es zu lesen gibt, hat er in den letzten Jahren mehrfach gelesen. Aber es fällt ihm unendlich schwer, das Leben des Kasper Bareisl in eine Ordnung zu bringen. Es zerfällt in die vielen Reisen, die er unternahm und mit denen seine Idee vom Reich Gottes verknüpft ist. Außerdem gibt es in den lateinisch verfassten Briefen einige Anspielungen, die Jacob nicht versteht. Jacob kann es nicht beweisen, aber dieser Kasper Bareisl scheint in eine Intrige verstrickt gewesen zu sein. Jedenfalls hat er seine Briefe aus den letzten Lebensjahren kopiert und im benachbarten Kloster versteckt. Der Abt hat sie später edieren lassen. Es existieren noch drei Ausgaben. Eine besaß Jacobs Doktorvater, der sie seinem Schüler vererbte. Versehen mit einer handgeschriebenen Karte, wurde sie Jacob nach dem Tod seines Professors zugestellt:

„Sie müssen nun aber auch das Buch schreiben…"

Das war vor fünf Jahren gewesen, und Jacob hatte sich noch einmal an das Projekt gewagt. Es für seinen Ruhestand vorbereitet. Nun sitzt er vor den Seiten, die sich kaum füllen.

Es hatte seine Gründe, dass Jacob nicht an der Universität blieb. Als sein Chef emeritiert wurde, bot der Nachfolger zwar an, Jacob zu übernehmen, aber nachdem er in acht Jahren nicht wirklich vorangekommen war, ahnte er, dass er seine Doktorarbeit nie abschließen würde. Jacob hatte als Bester seines Jahrgangs das Diplom abgelegt, ausnahmslos Höchstnoten erzielt und war von seinem Bischof förmlich zu einer wissenschaftlichen Laufbahn gedrängt worden. Doch Jacob war zutiefst davon überzeugt, dass seine Erfolge eher auf glücklichen Konstellationen denn auf seinen Fähigkeiten beruhten. Man hatte ihm in den Prüfungen die richtigen Fragen vorgesetzt, und wenn er auf die Kommilitonen schaute, sah er weitaus begabtere, belesenere Studenten.

Jacob war nicht faul, aber er neigte zur Bequemlichkeit. Wenn andere die Nächte durchstudierten, war er schon aus gesundheitlichen Gründen auf einen gleichmäßigen Tagesablauf und den Mittagsschlaf angewiesen, den Melchior immer belächelt hatte. Nach zwanzig Uhr hatte Jacob keine Lust mehr zu arbeiten. Er brauchte etwas, worauf er sich abends freuen konnte. Ein Bier. Gespräche. Einen Film. Am liebsten ein Fußballspiel.

Jacob hat selbst begeistert Fußball gespielt. Er verfügte über eine ordentliche Technik, aber mit seinem Gewicht musste es immer grotesk aussehen, wenn er unter den schlanken, schnellen Schülern mitspielte. Ein paar Mal hatte man versucht, ihn für den benachbarten Verein zu gewinnen, und er hatte auch mit Melchior das eine oder andere Mal trainiert. Aber nach dem Unfall hatte er das endgültig aufgegeben. Er hätte es als Verrat betrachtet.

Drüben hat Melchior offensichtlich seine erste Pfeife in Gang gesetzt. Das Fenster an seinem Schreibtisch steht auf Kippe, ein sicheres Zeichen. Luft lässt Melchior nur im Notfall und bei schwerem Tabak ins Haus. Er friert ständig.

Jacob muss sich konzentrieren. Es ist gleich Viertel nach

neun. Kasper Bareisl schweigt sich aus. Es fällt Jacob schwer, an das letzte Kapitel anzuknüpfen. Es bedarf eines Exkurses über die Eigenart diplomatischer Korrespondenz zwischen einem Kurialen und einem Juristen, der die Interessen seines Bischofs, aber auch seines Landesherren wahrzunehmen hat. Es gibt einige Besonderheiten in den Briefen des Kasper Bareisl, die sich nicht nur nach den Erwartungen seiner Adressaten richten, sondern mehr beinhalten. Es geht um die Politik der Rhetorik, die Jacob erfassen und beschreiben möchte. Um das Ungesagte. Was Bareisl unter der Hornhaut seiner Metaphern abgelagert hat. Wenn er vom *großen Aufhalter* spricht. Oder vom *Stumpf der Geschichte*. Meinte er vielleicht den Johannes Stumpf und seine Chronik der Schweizer Eidgenossenschaft? Bareisls Traum von einem Reich Gottes, das die Grenzen aller Konfessionen sprengt und sich schon jetzt in der Beteiligung aller an einer gerechten Regierung zeigen solle, war brisant genug, um den Bezug auf einen reformierten Historiker zu übermalen. Aber Verweise wie diese entziehen sich Jacob. Lassen sich nicht fassen. Ergeben eine Idee, aber nichts Belastbares. Was für den Verfasser der Briefe spricht. Und gegen ihn als Historiker. „Mehr Mut!", hatte sein Professor Barion ihm oft gesagt, aber woher sollte Jacob ihn nehmen?

Unten fährt ein Wagen vor. Das kann nicht sein. Jacob meint, sich verhört zu haben. Er steht auf, dankbar für die Unterbrechung, und trottet zum Fenster. Tatsächlich. Ein Jeep parkt vor der Kirche. Das erste Auto seit Wochen, wenn man von Frau Haverkamps Landrover absieht. Der Fahrer hat sich mit Schneeketten über den Berg gewagt und es bis hierhin geschafft. In der letzten Stunde hat es nicht geschneit. Jacob bedauert das ein wenig. So abgeschnitten zu sein, fasziniert ihn, ein kleines Abenteuer, das demnächst enden dürfte. Den Anschluss an die Welt und das normale Leben empfindet Jacob nach den vergangenen vier Wochen als Störung, ja als Zumutung.

Auf der Fahrerseite öffnet sich die Tür. Jacob kennt Berndaner gut. Es musste sein Jeep sein. Aber nicht der Förster kommt zu Besuch. Ein Zwerg quält sich vom rechten Vordersitz und stolpert in den Schnee. Berndaner fängt ihn im letzten Augenblick auf. Im tiefen Schnee wäre der Gnom vermutlich versunken, denkt Jacob, und er schämt sich ein wenig. Zur korpulenten Figur des Fremden gehört eine überraschend tiefe Stimme, die flucht. Der Mann ist wirklich unfassbar klein. Vielleicht ein Meter sechzig? Oder wirkt es nur so neben der riesigen Gestalt des Försters? Berndaner stapft vor ihm her und zieht eine Spur durch den Schnee, hinter der sich der andere auf das Pastorat zubewegt. Warum haben sie nicht den halbwegs frei geschaufelten Seitenweg von der Kirche genommen, den Jacob immer nutzt? Aber vielleicht teilt Berndaner ja Jacobs Sinn für Humor.

Sie machen vor der Haustür des Pastorats Halt. Berndaner hat schon nach oben geblickt und Jacob ein Zeichen gegeben. Trotzdem klingelt er. Jacob zieht sein Sakko an und legt die Lesebrille zur Seite. Er ist gespannt, wen Berndaner mitbringt. Und warum sie nicht einfach angerufen haben. Was für ein Aufwand.

Als Jacob die Tür öffnet, schlägt ihm die Kälte scharf entgegen. Ein plötzlicher Windzug schiebt die Gäste förmlich in den Flur. Jacobs Brille beschlägt, und er macht einige Schritte nach hinten, während der Fremde erneut zu fallen droht. Berndaner wuchtet ihn ins Haus, wo der andere zu niesen beginnt. Einmal, zweimal. Dann verschwindet sein Gesicht hinter einem griffbereiten Taschentuch.

„Gesundheit!"

„Zu spät. Eher letzte Ölung, Jacob."

Jacob stutzt. Der Mann kennt ihn nicht nur, er muss ihn gut kennen. Auf *Du* steht Jacob mit den wenigsten Leuten. Dann kommt ihm eine Vermutung.

„Barth?"

„Wer sonst?"

„Na hör mal, wir haben uns seit dreißig Jahren nicht gesehen."

„Das ist eine echte Enttäuschung. In der Regel erkennt man mich sofort."

Jacob muss schlucken. Stimmt. Aber Barth ist schneller.

„Kennst Du noch andere übergewichtige kleinwüchsige Menschen?"

„Übergewichtige sicher."

Jacob grinst. Beide grinsen.

„Schön Dich zu sehen."

„Meinst Du?"

Jacob überlegt.

„Du hast Recht. Es ist nicht schön, Dich zu sehen. Aber wenn Du schon da bist, kannst Du ja auch gleich wieder gehen."

„Wäre mir am liebsten."

Berndaner hält eine Hand hin.

„Tut mir aufrichtig leid, Herr Pfarrer. Aber Kommissar Barth war nicht davon abzubringen, Sie zu besuchen."

„Ich bin erstaunt, dass Sie es über den Berg geschafft haben."

„Kein weiteres Wort über mein Gewicht," knurrt etwas aus der Richtung des Kommissars.

„Tja, Herr Pfarrer, diese modernen Nachkriegswagen mit Hinterradantrieb schaffen die unglaublichsten Steigungen."

„So, so … Mögen Sie einen Kaffee, Berndaner? Du nimmst vermutlich lieber was Stärkeres."

„Nicht im Dienst."

Dazu fällt Jacob mehr als ein Kommentar ein.

„Du kommst dienstlich? Hat sich *Tiefbraun* schon wegen meiner Weihnachtspredigt beschwert?"

„Hab davon zwar gehört, aber das interessiert mich nicht."

„So. Immer noch Atheist?"

„Solange der liebe Gott solche Priester beschäftigt."

„Das ist in der Kirche wie bei der Polizei: Man nimmt, was man kriegt."

„Ich dachte, bei Euch kriegt man, was man nimmt?"

Über diese Logik möchte Jacob nicht streiten. Schon weil er dahinter keine Bosheit vermutet.

„Du hast mich überzeugt. Ich nehme den Cognac, den ich Dir angeboten hätte."

„Was sagen Sie zu einem solchen Priester, Berndaner?"

„Dass ich froh bin, nicht unbewaffnet ausgerückt zu sein."

Barth fährt sich mit einer Hand über die Stirn, als wolle er etwas wegwischen.

„Machen Sie sich keine Sorgen. Wir sind Klassenkameraden."

„Er ja. Ich nicht."

Berndaners Gesicht nimmt den Abdruck der Szene. Barth holt zu einem nächsten Satz aus. Aber Jacob schiebt sich dazwischen.

„Drüben haust Melchior. Sollen wir ihn holen, damit er das entscheidet?"

„Der morbide Friedhofswärter? Nix da. Der ist voreingenommen. Ich habe ihm früher mal die Freundin ausgespannt."

„In welchem Leben könnte das gewesen sein?"

Das kam schneller, als es Jacob gut tut. Das passiert ihm immer noch. Er tastet mit seiner Zunge einen kantigen Rand ab. Wo eben noch sein Satz steckte.

„Tja, wir haben eine gemeinsame Vergangenheit vor Dir. Im Kindergarten war ich ein verwegener Frauentyp."

„Hören Sie, Kommissar Barth ..."

Berndaner legt eine Hand auf der Schulter des Kommissars ab.

„Hauptkommissar, bitte. Und ich verbitte mir jeden Kommentar, der zu Ihrem Grinsen passt."

Berndaner bekommt, was Jacob zusteht. Barths Ironie klingt beinahe scharf.

„Ich habe noch etwas Anderes zu tun, als Sie durch die Gegend zu kutschieren und abzuwarten, bis sie die Sache hier untereinander ausgemacht haben. Ich hole Sie in einer Stunde wieder ab. Muss noch was erledigen. Passt das?"

Barth nickt einen unbequemen Gedanken. Berndaner geht ab. Jacob erlebt alles wie auf dem Theater, nur ohne Regie.

„Dann gibt es nur einen Espresso. Auf dem Weg nach oben deutest Du schon mal an, was Du hier eigentlich willst."

Barth nickt, sonst nichts. Das beunruhigt Jacob. Etwas stimmt nicht. Jacob strengt sich an. Er überlegt, während sich in seinem Kopf wieder einmal Linien und Punkte verwirren, ein schief aufgesetzter Gedanke verheddert sich an etwas, das sich Jacob wie eine Spule vorstellt, für die er eben noch über den korrekten Ausdruck verfügte ...

„Jacob?"

Barth schaut ihn misstrauisch an. Es muss Gründe für einen solchen Gesichtsausdruck geben, denkt Jacob wieder klarer. Jetzt legt ihm der Kommissar eine Hand auf die Schulter. Er erreicht sie mit Mühe. Jacob beugt sich unwillkürlich zur Seite. Als löste diese Bewegung, was er sein *zerebrales Stottern* nennt, fällt ihm seine unbestimmte Sorge von vorhin ein, die Angst vor dem, was Barth zu ihm geführt haben könnte. Einen Priester und einen Kommissar verbindet nur der Tod, denkt Jacob, und sofort erleichtert es ihn, dass alle Menschen, die für schlechte Nachrichten infrage kommen, schon tot sind. Jacob besitzt keine engsten Angehörigen, und Melchior scheint auf der anderen Straßenseite wohlauf zu sein. Was auch immer das heißen mag.

„Setzen wir uns an den Tisch. Ist formeller."

Barth bestimmt jetzt.

„Passt besser."

Der Kommissar wechselt seinen Gesichtsausdruck nicht mehr. Auch nicht, als Jacob einige Minuten später mit dem Kaffee und Frau Haverkamps Spritzgebäck kommt, das ihn durch den Advent gebracht hat. Barth bedient sich lieber am Cognac, den Jacob für sie beide eingeschenkt hat.

„Wirksame Suppe."

„Hmm."

„Von Aldi?"

„Leider nein. Der ist mir beim letzten Dienstgespräch ausgegangen."

„Womit wir beim Thema wären."

„Wieso? Willst Du mich dienstverpflichten? Apropos. Wieso bist Du überhaupt noch dabei? Altersgrenze verschoben?"

„Ich bin nicht nur hübscher, sondern auch mehr als ein Jahr jünger als Du."

Vor Jacobs Frage kommt Barths Antwort.

„Zu früh eingeschult, damals."

Der Kommissar dehnt das Zeitwort wie den nächsten Schluck Cognac. Kaum merklich verzieht er die Augen, nachdenklich, als wöge er die verbliebene Schärfe des Alkohols gegen die Argumente der Aromen ab. Ein zurückhaltendes Lächeln bildet sich wie eine Schlussfolgerung von den Mundwinkeln aufwärts.

„Wie auch immer. Das ist wahrscheinlich mein letzter Fall."

„Und der führt Dich zu mir?"

„Exakt."

Barth stürzt jetzt den verbliebenen Anteil Hennessy hinunter. Jacob will protestieren, aber etwas hält ihn zurück.

„Raven ist tot."

„Raven?"

„Ja."

Jacob schaut Barth an. Barth schaut Jacob an.

„Raven."

Die Wiederholung des Namens macht nichts besser.

„Mein Gott. Ich habe beinahe vergessen, dass es ihn noch gibt."

„Es gab ihn noch. Vielleicht nicht sehr. Aber er hat die ganzen letzten Jahre in Markandern gelebt."

„Wirklich?"

Barth nickt wieder dieses Nicken von vorhin.

„Ich habe das selbst vor ein paar Tagen erst erfahren. Als man ihn gefunden hat."

Jacob schenkt nach. Sie stoßen nicht an, aber sie trinken einen gemeinsamen Gedanken, unterschiedlich schnell.

„Wie ist er gestorben? Und wann? Und warum kommst Du zu mir?"

Barth ist weiter mit seinem Cognac beschäftigt. Er scheint zu überlegen, mit welcher Frage er anfängt. Seine Stirnmuskeln arbeiten. Die Übertragungsverhältnisse, aus denen eine sinnvolle Handlung folgen sollte, laufen leer, transportieren nichts als sich selbst, nichts als das Zucken in beiden Schläfen. Jacob folgt ihrem Rhythmus. Aber er ergibt nichts.

Die Stimme, die er schließlich hört, trägt den Belag des lebenslangen Rauchers.

„Wir wissen noch nicht viel. Raven wurde vor zwei Tagen tot aufgefunden. Unter der Brücke am Übergang zwischen Sievel und Bruch. Wie lange er da lag, wissen wir erst nach der Obduktion."

Jetzt sucht Jacob nach der richtigen Frage wie nach einem Griff.

„Weißt Du, wie Raven in den letzten Jahren gelebt hat?"

„Wie gesagt, mir war nicht einmal klar, dass er noch gelebt hat."

„Was wohl heißt, dass das nicht selbstverständlich für Dich war."

Jacob wechselt eine Straßenseite. Das stimmt. Der erste Gedanke war mit dem Gefühl verbunden, dass Raven schon lange nicht mehr da war. Ein Schuldgefühl macht den Kopf schwer, es setzt sich in ihm fest. Er hat Raven schon vor vielen Jahren aufgegeben.

„Ging mir genauso."

Barth mischt sich in Jacobs Gedanken ein, als könne er sie lesen. Der nimmt sein Glas und bewegt den Cognac in gleichmäßigen Kreisen, jeder Ring eine Erinnerung im selben Farbton, aber es ist zu früh, noch einmal nachzuschenken.

„Irgendwie ist Raven mit dem Abitur gestorben. Verloren gegangen."

Welt verloren. Jacob fällt ein Weihnachtslied ein, aber es löst sich in eine bloße Abfolge von Tönen auf. Er möchte im Moment nur zuhören. Am liebsten auch das nicht. Drüben sitzt M vor seinem Bildschirm und verwaltet seine Gräber. Er weiß noch nichts. Wie sehr man in zeitverschiedenen Welten lebt, denkt Jacob. Raven hat möglicherweise Weihnachten schon nicht mehr erlebt.

„Was ich vorhin sagen wollte: Raven war stadtbekannt. Nicht unter seinem eigenen Namen, sondern als Figur. Er gehörte auf eine sonderbare Weise zum Stadtbild. Man hielt ihn für einen Penner, und zugleich wusste man, dass er das nicht eigentlich war."

Barth probiert einen eigenen Schluck Erinnerung.

„Ich habe ihn auch immer wieder gesehen. Ohne ihn zu erkennen. Er war heruntergekommen. Abgemagert bis auf die Knochen."

Mit dem nächsten Schluck ist der Schwenker leer. Barth schaut auf einen Punkt, den es an keiner Wand gibt.

„Als er aufgefunden wurde, hatte er kaum etwas an. Eine zerrissene Jeans, ein dünnes Sweatshirt. Viel zu leicht für diesen Winter."

Jacob stellt sich einen embryonal verschlungenen Körper vor, hilflos in Kälte gepackt. Nacktes Elend fasst nach Jacob.

„Ist er erfroren?"

„Was die harmlosere Variante wäre."

Jacob schreckt noch einmal hoch. Es geht immer noch etwas mehr, auch wenn er es sich nicht vorzustellen vermag.

„Was heißt das?"

„Man hat ihn totgeschlagen."

Das scheint auch für Barth kein Alltagswort zu sein. Er spuckt es heiser aus.

„Außerdem gibt es Spuren von früheren Schlägen. Alte Schnittwunden. Einzelne Brandnarben, vermutlich von Zigaretten. Was das alles war, weiß ich noch nicht."

„Jemand hat Raven misshandelt?"

„Sieht so aus. Mehrfach. Wenn es so war, stellt sich die Frage, warum er das nie angezeigt hat."

Jacob muss an abgründige Einsamkeit denken. Er weiß aus Erfahrung, dass man auf eine Frage, wie sie Barth stellt, selten eine Antwort erhält. Zu lange ist Jacob Priester. Zu oft hat er Geschichten gehört, die außer ihm niemand kannte. Mit denen er nichts tun durfte. Täter bringen nie nur einen zum Schweigen, denkt Jacob Beerwein. In ihm kocht eine grimmige Lust hoch, Gerechtigkeit einmal mit etwas Anderem als mit Worten zu probieren.

Er schüttet den dritten Cognac in diesen Morgen, der zwischen den Jahren hängt. Warum nur hat es aufgehört zu schneien?

„Wer hat ihn gefunden?"

„Sternsinger."

„Nein!"

Das kommt so schnell, so laut, so entschieden, dass Barth aufschreckt.

„Sternsinger? Das ist doch viel zu früh!"

„Stimmt. Eine Gruppe aus dem Waldkindergarten. Sie hatten die Gewänder und alle Utensilien unten von St. Judas geholt. Und einfach schon mal ausprobiert."

Jacob schüttelt den Kopf, aber es fällt nicht raus, was ihn stört.

„Einigermaßen absurd, nicht wahr?"

Jacob will nicht wissen, woran Barth denkt. *Absurd* gehört nicht zu den Wörtern, die sich mühelos steigern lassen.

„Sie sind nicht nah ran gegangen. Sie haben von Weitem gesehen, dass da ein Körper lag, und ihre Begleiterin hat sofort die Polizei angerufen."

Barth schweigt, Jacob schweigt, bis das Handy des Kommissars klingelt, aber er drückt den brutalen Anrufer einfach weg.

„Wie komme ich ins Spiel?"

Dieses Mal hat Jacob schneller getrunken. Er spürt schon die Kopfschmerzen aufziehen, die ihn gleich gefangen nehmen. Er verträgt hochprozentigen Alkohol nicht, und bestimmt nicht an zwei Tagen hintereinander.

„Ich werde noch zum Säufer."

„Gute Idee."

Jacob schaut Barth überrascht an. Er meint, das nur gedacht zu haben. Er verliert die Kontrolle, über alles, er hat sie noch nie gehabt, nicht über sein Buch, sein Leben, und er fragt sich, was der Gott dazu sagt, den er heute nicht mehr ins Gebet nehmen will. Das ist seine erste klare Entscheidung. Heute wird Jacob Beerwein nicht mehr beten.

7

Als Jacob aufschaut, sitzt Barth immer noch vor ihm, ein Bein über das andere geschlagen, ein kurzatmiges Paket.

Diese Welt ist zu groß für uns alle, denkt Jacob. Das wird er Melchior gleich sagen, wenn er zu erzählen beginnt. Das kommt noch. Er muss alles noch einmal durchleben.

Warum trifft mich das so? Jacobs nächster Gedanke, der sich verläuft. Er muss das M fragen. Der wird es wissen. Hofft Jacob, zaghaft. Gegenüber schnauft Barth. Jacob beobachtet ihn. Nicht nur das Atmen verliert im Alter jede Selbstverständlichkeit.

„Warum bist Du hier?"

Seine Stimme verfügt über mehr Volumen, mehr Entschiedenheit, als sie zu Jacobs klammer Traurigkeit passt. Sie setzt sich in den Risskanten einer Erinnerung fest, der vierzig und mehr Jahre fehlen.

„Deswegen."

Barth hält ein Kuvert in der Hand. Er hat es aus dem Nichts gezaubert. Vielleicht ist alles ein Spiel, ein Trick, eine Nummer? Aber die hat sich einer ausgedacht, den Jacob nicht kennt und nicht kennenlernen will. Er nimmt den Brief entgegen, als wäre er kontaminiert.

„Was ist das?"

Weiß Jacob plötzlich selbst, und Barth sieht aus, als wüsste er, dass Jacob es weiß. Aber er erklärt es ihm. Engelsgeduldig. Diabolisch. Beides zugleich. Denkt Jacob.

„Der Brief ist von Raven. Er ist an Dich adressiert. Entschuldige bitte, aber wir mussten ihn öffnen. Aus ermittlungstechnischen Gründen."

Wer tröstet, hat Macht. Zumindest über den Augenblick, in dem alles zusammenbricht. Denkt Jacob, aber glaubt es nur halb. Er hat schon zu oft getröstet. Oder es versucht.

„Ich verstehe."

Was gelogen ist ...

„Was steht drin?"

„Lies selbst. Er ist wirklich für Dich."

Da kriecht die Schlange Angst über den Tisch, Jacob kann sie genau sehen, mit Händen packen. Der Schnee, der wieder zu fallen beginnt, ändert nichts. Er fällt draußen, von oben nach unten, behaglich, flockendicht, und dahinter hat Melchior mehr als nur ein Licht angezündet, Kerzen, das weiß Jacob, und dann weiß er nichts mehr.

8

„Du siehst aus wie ein Toter."

Wenn Du wüsstest, möchte Jacob am liebsten antworten.

„Lass mich einfach rein."

„Um diese Uhrzeit? Was ist los? Du schläfst mittags."

„Heute schlafe ich nicht. Obwohl das wohl das Beste wäre."

„Außerdem riechst Du nach Alkohol."

Melchior schnüffelt übertrieben.

„Der ist doch nicht von gestern? Hast Du getrunken?"

Wenn Jacob eine Mutter gehabt hätte, als das Alter kam, um ihn danach zu fragen, hätte sie wohl so gefragt. Mit einem solchen Gesicht. Unleidlich.

„Lass mich bitte rein."

Das „Bitte" beunruhigt Melchior. Er teilt sein Gesicht in nachdenkliche Abschnitte, dann rollt er zur Seite und macht den Weg frei. Jacob bleibt stehen. Es war schon schwer genug, die Straßenseiten zu wechseln. Der nächste Schritt entscheidet etwas. Sobald er Melchiors Haus betritt, sobald er zu erzählen beginnt, ist Raven endgültig tot.

„Du siehst beschissen aus."

„Ich weiß."

„Nein, weißt Du nicht. Beschissener als sonst. Gefährlich beschissen."

Jacob lässt es dabei. Er geht langsam neben dem Lift hoch, den Melchior routiniert bedient. Das Geräusch, das seinen Körper nach oben zieht, klingt zu harmlos. Im ersten Stockwerk hat M seinen zweiten, technisch ausgefeilteren Rollstuhl abgestellt. Ein avanciertes Gerät. Mit ihm kann er das gesamte Haus bedienen. Er müsste auch nicht eigens nach unten, um Jacob ins Haus zu lassen, aber das zwingt er sich ab. Es gehört zu der sonderbaren Disziplin, die Melchior sich auferlegt hat. Ein Pflichtenkatalog, den Jacob nicht durchschaut.

Er muss jetzt etwas sagen. Jacob schaut sich im Raum um. Hier befinden sich keine Fotografien, die bis in die gemeinsame Vergangenheit reichen. Raven gehört zu ihr. Neun Jahre Gymnasium. Melchior und Jacob waren einmal zu dritt. Bis zum Abitur. Bis zu Ravens Abgang.

Ravens Abgang. Melchior hat den Ausdruck geprägt. Den Tag seines Verschwindens haben sie jahrelang mit Ale und Darts in einem Pub in Bonn begangen. Raven hat England geliebt, wegen des Fußballs. Vielleicht war er dort – mit diesem Gedanken hatten sie sich über *Ravens Abgang* hinweggetröstet. Oder auch einfach nur hinweggetrunken. Es kam ihnen wie im *Herrn der Ringe* vor, den sie zuerst mit Raven gelesen hatten. Bilbo war einfach weg. Aber das schien zu einfach. Zu einfach für Raven.

Barth hatte außer dem Brief eine Fotografie mitgebracht, die unter dem Brief gelegen hatte: Raven mit einem Pokal, den er auf Melchiors Kopf platziert hatte. Ein Lachen wächst aus dem Bild, das alle drei wie unter Strom lebendig macht. Sie lachen auf dem Foto bis heute. Jacob legt es auf Melchiors Schreibtisch.

Als gäbe es nichts zu fragen, rollt Melchior herüber und nimmt die Fotografie. Wiegt sie zwischen den Fingern. Dann tastet er über den Rand, zeichnet die Konturen des Gesichts nach. Draußen baut der Schnee seine Pyramiden.

„Raven."

Es klingt wie ein zärtliches Bekenntnis, aber es gibt nichts zu glauben, was dem entspräche. Das Foto liegt exakt am richtigen Platz.

9

Zeit aus Schnee. Zeit auf Papier. Ravens Handschrift. Stechend scharfe Buchstaben, saubere Zeichen auf präzisen Linien. Einzelne Punkte. Nicht viele.

„Wie lange ist das her?"

M fragt, aber nicht nur Jacob.

„Weißt Du selbst."

„Ich muss Jahre zählen."

„Kommt es darauf an?"

M schaut den Freund an, und Jacob schämt sich auf einmal.

„Um mich selbst zu spüren. Was an Leben dazwischen liegt. Ich wusste nicht einmal, dass Raven noch lebte."

„Habe ich auch gesagt."

Melchior wägt etwas ab, was einen Abstand ergibt.

„Wie hat er gelebt?"

Woher soll Jacob das wissen?

„Morgen holt mich Barth ab. Ich soll mit ihm in die Wohnung."

Muss als Antwort reichen. Reicht nicht. Aber M nickt, ohne in irgendeiner Weise dem zuzustimmen, was gerade geschieht. Macht Pause. Holt noch eine Frage aus dem verloren gegangen Gepäck von fast fünfzig Jahren. Halbes Jahrhundert, fällt Jacob ein. Geteilt. Vorher. Nachher.

„Was ist mit seiner Schwester?"

Da ist er wieder, der Priester Jacob Beerwein. Jetzt. Warum immer *jetzt* sein, denkt er? Wäre gerne woanders in der

Zeit. Beim Bareisl. Oder dem Vater. Und der Mutter. Einmal noch.

„Barth meint, sie lebe in Neuseeland. Man hat ihr eine Mail geschickt. Sie hat noch nicht geantwortet."

Jacob wundert sich, wie rasch er umschalten kann. Wie es so klar geht mit Worten, die er nicht gebildet hat. Für die er keine Zeit hatte, sie zu denken. Die so rauskommen, wie er seine Bemerkungen fallen lässt.

„Sie war schön."

M erinnert sich.

„Wie ihr Bruder."

Jacob erinnert sich.

„Ja."

Dann schweigen sie wieder.

„Darf ich lesen?"

Jacob hört das Papier, das raschelt. Er sieht die Augen, die mit dem Lesen an kein Ende kommen.

Jacob, alter Freund.

Ich habe gewartet

Wie Du gesagt hast

Beim letzten Mal

Aber es gab nichts zu warten

Jetzt gibt es mich nicht mehr

Ich weiß nicht, wie sich das anfühlt

Wie eine Erleichterung, nehme ich an

Kümmer Dich um das, was von mir übrig ist

Es dürfte nicht viel sein

Die Vorstellung, dass Du mich dorthin begleitest, wo ich nicht mehr warten muss, ist gut

Ich weiß, dass Du wieder in Dornbusch bist

Lade mich dort ab

Bring mich unter die Erde

Sprich, was Du sprechen musst
Bring M mit
Wir haben uns eine Ewigkeit nicht gesehen
Die nächste Ewigkeit möchte ich mit Menschen angehen,
die mir einmal nahe waren
R.

Melchior verlässt den Brief durch einen Hinterausgang, die Augen geschlossen. Mit der freien Hand korrigiert er einige Tränen.

„Komisch. Ich habe ihn seit Jahren nicht mehr vermisst, und jetzt trifft mich sein Tod so."

Warum sagt man *komisch* in solchen Momenten, denkt Jacob, wenn einem das Lachen vergeht? Wenn alles auseinanderbricht, alles wie im Gegenteil funktioniert, andersherum läuft, so wie ich, mein Gehirn, das in eine andere Richtung denkt, als ich es will … Übermacht des Absurden, denkt er weiter, und denkt, wieder präziser, an die Schulzeit, als sie gemeinsam gelesen hatten, was er gerade denken muss.

Der Brief zittert. Oder Ms Hand. Jacob nickt nur. Sonst nichts. Er steht auf. Geht einige Schritte durch die Wohnung. Kommt schnell ans Ende. Setzt sich. Der Cognac hat nichts klarer gemacht.

Melchior versucht es mit seiner Pfeife. Aber das ist aussichtslos. Stattdessen rollt er mit einer einzigen, lang gezogenen Bewegung zu seinem Schreibtisch. Der Bildschirm gibt mit der ersten Bewegung der Maus sein Standbild frei: Melchiors *Luna*. M hat ein Spiel entwickelt, in dem man sich auf dem Mond bewegt, ihn schrittweise erkundet. Er hat es aus unzähligen Fotografien zusammengesetzt. Ein undurchschaubarer Algorithmus erlaubt es, in Krater zu steigen und Basaltmeere zu durchqueren. Als Kinder hatten sie sich eine

Zukunft im All ausgemalt, und Melchior hatte Science-Fiction-Geschichten geschrieben, die sie nachspielten. Im stillgelegten Steinbruch hinter *Broiers Bruch* fanden sie ihren Mond. Melchior besetzte mit seinem Rollstuhl die Zentrale ihres Raumschiffs und kommandierte die Freunde.

Mit einer geometrischen Figur löst sich das Bild auf. Es verpixelt sich in eine Fotodatei, die Melchior mit wenigen Klicks aufruft. Raven erscheint. Er trägt Jeans mit weitem Schlag und ein Hemd, das er sich vor dem Bauchnabel zugebunden hat. Man erkennt den durchtrainierten Körper des geborenen Sportlers. Ein Stirnband fasst seine blonden Haare ein, die schulterlang nach hinten fallen. In der Hand hält Raven eine Zigarette, sehr lässig. Er erinnert an eine Werbung aus den Siebzigern. Im Hintergrund lacht, Jacob kann es kaum glauben, Nazaire. So lange liegt alles zurück, dass dieses Lachen nicht mehr zu seinen Erinnerungen passt. *Nazaire.*

„Du hast die alten Fotos aufbewahrt?"

„Hm. Digitalisiert."

Daten sind Ms Form der Ewigkeit. Denkt Jacob vor sich hin, ziellos.

„Muss kurz vorm Abi gewesen sein."

„Ostern. War ein heißes Ostern."

„Stimmt."

Sie waren mit ihrer Clique für ein langes Wochenende nach Holland gefahren. Um fürs Abi zu lernen, hatten sie den Eltern beteuert. Raven hatte über Ostern spielfrei, und sie stopften seinen kanariengelben Käfer mit Campingsachen und einigen Paletten Pils voll. Melchior fuhr im Bus mit, den Nazaire von den Dominikanern organisiert hatte. Auf dem nächsten Foto grinst er wieder, mit dieser unglaublichen Zahnlücke, die ihn unverwechselbar macht.

„Nazaire."

„Ich weiß."

Melchior hat auf Diashow geschaltet. Er rollt zur Anrichte, auf der er seinen Tee aufbrüht. Zu Jacobs Überraschung kramt M eine Tüte Instantkaffee aus einer Schublade
heraus. Ein Zombie grinst auf der Vorderseite ins Leere. *Er-
weckt Tote zum Leben.*

„Eiserne Koffeinreserve. Extra für Dich."

Jacob fasst es nicht. Nichts. Selbst Kaffee kann ihm Angst
machen. Im Hintergrund läuft die Fotoserie weiter. Nach
einigen Minuten geht sie in das Standbild über. Der Mond
geht auf.

„Barth hat den Brief gefunden. Neben Ravens Bett. Wie
vorbereitet."

Melchior schaut auf.

„Von wann stammt der Brief?"

„Steht nicht fest. Er ist nicht datiert. Aber er lag auf der
aktuellen Ausgabe eines Magazins, sagt Barth."

„Raven hat den Brief vor Kurzem geschrieben?"

„Das muss nichts bedeuten."

„Hm."

Der Zombie grinst weiter.

„Kannst Du diese scheiß Tüte nicht wegtun?"

M sieht ihn überrascht an, dann scheint er zu verstehen.
Wenn er überhaupt was versteht, denkt Jacob möglichst
böse.

„Sorry."

Eine Entschuldigung wie eine Synkope.

„Wie geht es jetzt weiter?"

M versucht es sachlich.

„Die Untersuchung beginnt gerade erst."

„Woran denkt Barth?"

„Jemand hat Raven totgeschlagen. Sagt Barth."

„*Totgeschlagen?*"

Das Wort lässt sich nicht aufhalten. Es drängt sich zwischen Jacob und jeden Gedanken, der noch kommt. Die meisten Züge verspäten sich wegen verpasster Anschlüsse, denkt Jacob. Stimmt das? Oder verhält es sich andersrum? Warum fällt ihm so etwas ein? Er verzweifelt an sich und an der Welt, die aus seinem Kopf besteht. Er stellt sich die Synapsen in seinem Gehirn wie einen Kabelsalat vor, rissige Kupferadern, schlecht verlötet.

„Also Mord."

War da ein Fragezeichen, das Ms Stimme eingeklammert hat? Jacob versucht, den Rest von Barths Geschichte zu erzählen. Er beißt in die Backen. Nimmt sich zusammen. Eine Geschichte hat einen Anfang, ein Ende. Jacob greift danach wie in Luft. *Totgeschlagen* ist kein Ausgangspunkt für eine Geschichte. Für nichts.

Jacob schaut dem Freund in die Augen, als fände er dort, was er sucht. Komisch, denkt Jacob jetzt, dass er bis zu diesem Augenblick nicht hätte sagen können, welche Augenfarbe M besitzt. Das macht ihn traurig. Ob M es umgekehrt wüsste? Ob es wichtig ist? Jacobs Gedanken rutschen wieder einen Steilhang hinab.

Was ihn auffängt, weiß er nicht. Der Kaffee dampft noch. Der Tee auch. M hat gewartet. Jacob beginnt. Erzählt in Melchiors Entsetzen hinein, erzählt von Ravens Verletzungen, von den Narben, und er hört seine eigene Stimme, wie sie sich von ihm ablöst, ein amputiertes Glied. Sie erzählt Barths Geschichte, während sich Jacobs Gedanken nach draußen verirren, in den allmählich anbrechenden Abend aus Schnee, der keine Nachsicht kennt.

10

Jacob lässt die Vesper aus. Also auch den Spaziergang. Er wüsste gerne, ob Inés ihren Mann begleitet. Das kann er erst morgen überprüfen. Barth holt ihn nach dem Frühstück ab. Er soll mit in die Wohnung. Der Kommissar hofft, dass Jacob etwas entdeckt, was er selbst nicht sieht.

„Immerhin bist Du sein Nachlassverwalter."

Barths Bass, wie in der Kehle verkeilt.

„Ich bin was?"

„Habe ich das nicht erwähnt? Raven hat ein Testament hinterlegt. Notariell beglaubigt. Liegt ein Zettel bei. Dass Du Dich kümmern sollst."

Kümmern. Jacob nimmt Barths Worte am Griffende. Kümmern ist immer zu wenig.

„Ich dachte, er sei so heruntergekommen? Wieso macht Raven ein Testament?"

„Das würde ich auch gerne wissen. Ich hol Dich morgen gegen neun Uhr ab. Wir fahren erst zum Notar und gehen dann in Ravens Wohnung."

Jacob hat sich auf Melchiors Couch gelegt. Pink Floyd bewegt sich schwerelos auf der dunklen Seite des Mondes. Jacob dämmert in lange Winternachmittage zurück, die sie in Melchiors Jugendbude verbracht haben: elektronische Musik, Klangreisen ins Nirgendwo, Räucherstäbchen. Wie einfach diese Jahre heute erscheinen. Zwei Jahre, denkt er, noch zwei, drei Jahre …

Er wacht im zurückhaltenden Licht einer Kerze auf, die

auf dem Fensterbrett herunterbrennt. Jacob reibt sich die Augen und sucht nach Melchior, vergebens. Er muss mehr als eine Stunde geschlafen haben. Fest. Mühsam steht Jacob auf, der Rücken schmerzt stärker als gewöhnlich. Vorsichtig bewegt er sich hin und her, richtet sich mit hochgereckten Armen auf, versucht sich gerade zu machen. Das braucht Zeit. Von unten hört er Geräusche. M scheint in der Küche zu sein.

Die kleinen Glocken läuten zum Angelus. Jacob hat es nicht so mit Maria. Das Geläut aber liebt er. Das Gleichmaß, mit dem es den Tag begleitet. Er lässt einen halben Gebetsgedanken vor, das Bild von einem *Engel des Herrn*, der hinzutritt. Dieser Tag verschwindet schon wieder. Er geht kalt bis in die Gelenke zu Ende.

„Bist Du wach? Komm mal runter."

Melchior hat gekocht. Der tief eingebaute Küchenblock ist optimal auf seine Bedürfnisse abgestellt. Er kann sich von allen Seiten um die Herdplatten und die übrigen Geräte bewegen. Melchior kocht gut. Jedenfalls für die Verhältnisse, die Jacob gewohnt ist. Er hat in den Jahren nach dem Priesterseminar einige Rezepte einstudiert, aber aus Bequemlichkeit eher im Vorübergehen gegessen: mittags Fertiggerichte, abends Brote. Warum er immer weiter zugenommen hat, versteht er nicht. Samstagabends gönnte er sich früher Restaurantbesuche. Auf seinen Auslandsstationen als Pfarrer verfügte er über einige zuverlässige Anlaufpunkte, außerdem wurde er regelmäßig von Gemeindemitgliedern eingeladen. Fast dreißig Jahre hat er als Auslandsseelsorger gearbeitet, aber seine Kontakte sind eingeschlafen. Jacob beantwortet keine Mails, er lebt weitgehend offline, und Briefe liegen oft Wochen in einer Ablage, aus der sie irgendwann verschwinden.

Heute serviert Melchior einen exotisch anmutenden Fisch mit Wildreis. Jacob mag keinen Reis, aber das schert den Freund nicht. Er sei gesund und mache nicht dick. Das nutzt nichts mehr, denkt Jacob, und fügt sich. Reis schmeckt nach nichts, findet er, und das ist auch heute nicht anders. Aber der Fisch hat es ihm angetan. Jacob kann genießen, was er nicht kennt.

Beim Essen reden sie nichts. Sie reden nie viel. Melchior hat seine schwarzen, langstieligen Kerzen auf dem Tisch angezündet. In den Fenstern brennen Teelichter für Raven.

„Wie geht es jetzt weiter?"

„Ich nehme an, dass ich abräume und abwasche."

Jacob weiß nicht, warum ihm so etwas rausrutscht. Der langsame Jacob Beerwein ist manchmal zu schnell für sich selbst. Zumindest bei M. Oder bei jemand wie Barth. Es muss einen Grund geben. Ihm fällt keiner ein. Dafür denkt er doch wieder zu langsam.

„Wann hast Du jemals abwaschen müssen?"

M ist nachsichtig und Jacob immer noch müde. Er fühlt sich erschöpft wie seit Monaten nicht mehr.

„Was für ein Tag!", murmelt er, aber er weiß, dass das eine Ausrede ist. Seine Medikamente ... Er hat sie heute nicht genommen. Er muss gleich daran denken. Er vergisst so viel.

„Barth hat ein Programm für mich. Er will überprüfen, was es mit Ravens Nachlass auf sich hat."

Ein Sprung im Gesicht gegenüber, Höhe Wangenknochen, links. Besorgtes Zucken mindestens eines Muskels. Unebenes Gelände. Schlecht rasierte Phrasen. Dazwischen Pigmentflecken.

„Eine sonderbare Geschichte. Raven hat die ganzen Jahre in Markandern gewohnt und sich nie bei uns blicken lassen.

Obwohl er gewusst hat, dass zumindest Du wieder zurück bist."

Jacob denkt an das vergangene Jahr und sucht Raven irgendwo in der Nähe der Kirche, auf der Straße. Ob er sie beide beobachtet hat? Bei einem ihrer Fußballabende?

Jacob schaut traurig aus dem Fenster. Der Schnee deckt die Welt gleichgültig zu.

„War er mal hier?"

„In der Messe nicht. Das hätte ich bemerkt."

„Stimmt. Bei dem enormen Zulauf."

Jacob konzentriert sich auf das arktische Meer vor seiner Kirche. M übergeht, was der Freund übergeht.

„Woher wusste er dann, dass Du zurück bist?"

„Es stand in dem Käseblatt, das Du immer liest."

„Das ist Lokaljournalismus. Braucht man als politisch interessierter Mensch."

„Und wegen der Todesanzeigen."

Melchior lacht nicht.

„Ohne den *Rheinischen Kurier* gäbe es keinen nennenswerten Widerstand gegen die Pläne von *Tiefbraun*."

„Bemerkenswert erfolgreicher Widerstand."

„Es sind doch Deine Schwarzen, die da mitmischen. Wer verdient denn beim Flächenverkauf am meisten? Von den Energiepreisen nicht zu reden."

„Die Kommune?"

„*Wenn Ihr nicht werdet wie die Kinder...* Du nimmst Dein Evangelium doch sonst nicht so ernst."

„Was ist denn auf einmal los mit Dir? Akute Fischvergiftung?"

Jacob erregt sich selten, aber wenn es mit M um Kirche und Glauben geht, stößt der Heilige Geist Adrenalin aus. Verwandelt Jacobs Skepsis in frommen Eifer. Dabei hätte er selbst gerne gewusst, wie *Gott* geht. Oder *Erlösung*. Und manches mehr.

„Mir schlägt das auf den Magen."

M fasst sich nicht an die passende Stelle.

„Was genau?"

„Alles, um exakt zu sein. Mich kotzt das alles an. Wir laufen rückwärts in der Geschichte. Wo Du auch hinguckst, schießen autoritäre Regime aus dem Boden. Und in Sachen Akkumulation des Kapitals und Monopolkapitalismus bin ich gerade dabei, meine Bücher aus den Siebzigern wieder rauszukramen."

„Welches Jahrhundert?"

„Neunzehntes. Pures neunzehntes Jahrhundert. Was danach kam, weiß man ja."

„Pessimismus als geschichtsphilosophische Haltung?"

„Etwas grundsätzlicher. Du weißt doch, ich bin ein Vampir des Unheils."

Das hat Jacob einmal im Streit gesagt. Fast geschrien, entspräche dies seinem Naturell. Jacob weiß, dass das ungerecht war. Gefährlich nah an dem Punkt, den sie beide nie berühren. Aber er kann sich auf den Freund verlassen. M ignoriert, was es zu ignorieren gilt.

„Man muss etwas tun."

„Dazu müsstest Du mal wieder das Haus verlassen. Lüften würde ja schon reichen. Vielleicht bläst das mal Dein Hirn durch?"

„Muss ein Pfaffe sagen. Die Priester stehen mal wieder stramm auf der Seite der Ausbeuter und Unterdrücker."

„Echt jetzt?"

Aber M will nicht lachen. Dafür möchte Jacob etwas trinken, einen Magenbitter am liebsten. Er weiß, wo die Flasche steht, aber er fragt nicht.

„Vielleicht gehe ich jetzt besser."

„Es ist immer besser, wenn Du gehst. Aber nicht jetzt."

Melchior ist selbst auf die Idee mit dem Schnaps gekommen. Er rollt zielsicher durch seine Welt, vor allem wenn es um die Beschaffung von Alkohol geht. Die Flasche Chartreuse, die er mit zwei bauchigen Stielgläsern heranschafft, ist noch halbvoll. Die grüne Flüssigkeit erinnert Jacob an eine Tinktur seines Vaters. M gießt sie großzügig ein.

„Hohoho ... Nicht so voll. Mir reichen noch die drei Cognacs von heute Morgen."

„Die sind längst abgebaut."

Jacob gibt einem Bedürfnis nach. Heute wird er nicht mehr an seinen Schreibtisch gehen. Kasper Bareisl muss sich gedulden. Aber dem macht das am wenigsten aus.

11

Man muss etwas tun. Melchiors Satz hallt nach. Jacob versteht den Freund nur zu gut. Er sitzt mit seinem Brevier vor dem Fenster und versucht, die Laudes zu beten.

Gott, du mein Gott, dich suche ich, meine Seele dürstet nach dir.

Psalm 63. Ausgerechnet. Weihnachten jedenfalls ist vorbei. Jacob schlägt das blaue Stundenbuch nach dem ersten Vers zu. Das ist nicht oft in seinem Leben vorgekommen. Er hält das Gebet nicht aus. Jacob will einfach nicht. Er weiß nicht, ob er jemals wieder will. Raven ist vor ein paar Tagen totgeschlagen worden wie ein Hund. Vielleicht ist er zu der Zeit elend erfroren, in der Jacob Heiligabend gefeiert hat und in das kriechverlogene *Stille Nacht* einstimmen musste. Sein Vater hat es immer mit solidem Ernst auf der Orgel begleitet. Aber die Empore ist seit zwei Jahren leer. Der Vater hat es in Russland gesungen, als man von den gefangenen deutschen Soldaten verlangte, die Internationale anzustimmen. Jacob hat sie einmal auf einer Geburtstagsfete abgespielt, sie betrunken mit Freunden gegrölt. Unvermittelt stand der Vater im Keller. Er nahm die Nadel von der Schallplatte, stellte den Apparat aus und flüsterte in das plötzliche Schweigen hinein, Jacob wisse nicht, was er da tue.

Niemand hatte gelacht. Seine Freunde kannten Jacobs Vater, den ruhigen, liebenswerten Organisten, der nie scharf oder streng oder laut war. Der die „Stille Nacht" respektierte. Jacob konnte sie nie in den Weihnachtsgesichtern ertragen, besonders im Ausland nicht, wo man nach dem Lied wie auf Bestellung verlangte. Während draußen die Welt verloren ging. Wie an diesem Weihnachten, mitten in Jacobs Welt.

Er legt das Brevier neben sein Evangeliar, das er auf einem Pult aufbewahrt und jeden Tag um den vorgesehenen liturgischen Abschnitt weiterblättert. Früher hat er jeden Tag die Messe gefeiert. Aber werktags kommt selten jemand, und für sich allein zelebriert Jacob nicht. Etwas geht zu Ende.

Statt zu beten, verlässt Jacob das Haus schon um zehn vor sechs. Der Himmel eine dunkle Tinktur. Die Straßen und Wege eingelassen in dieses Meer aus gefrorenem Nichts. Nichts zu hören. Kein Mensch zu sehen. Ein einzelnes, versprengtes Licht, das aufscheint und wieder verschwindet, vielleicht eine Taschenlampe. Jacob geht los, als müsse er sich beeilen. Er will wissen, ob Inés heute kommt. Jacob hofft auf ihr Lächeln, er braucht es an diesem Morgen. Heilt Kopfschmerzen. Vertreibt düstere Gedanken.

Heute nicht. Wieder nicht. Eine halbe Stunde ist Jacob unterwegs, als er Ton van Breijden entdeckt: schwarzer Langmantel, breitkrempiger Hut. Ein Rücken, denkt Jacob, der von vorne kommt. Der Dirigent dreht seine Runde allein mit Shep. Der Hund tobt unverbesserlich durch den fast mannshohen Schnee, der, seitlich aufgeschüttet, die Straße nach Markandern ausweist. Gestern scheint nicht nur Berndaner mit schwerem Gerät unterwegs gewesen zu sein.

Im Vorbeigehen grüßen sie sich. Van Breijden zieht seinen Stetson und sieht durch Jacob hindurch. Er zögert einen Augenblick, ob er nach Inés fragen und Grüße ausrichten soll. Wie fängt er das an, ohne aufdringlich zu sein? Jacob sucht nach einem ersten Wort, für das er sich nicht räuspern muss. Aber Ton van Breijden ist schon einen Schritt weiter, als habe er eine Chance genutzt. Jacob könnte hinter ihm hergehen, doch der Mann wirkt noch unnahbarer als sonst. Seine bloße Gestalt kann verbieten. Jacob lässt sich nicht so ohne Weiteres einschüchtern, aber in diesem Moment kommt er sich wie der Quartaner vor, der im Englischunterricht aufgerufen wird und an den unregelmäßigen Verben scheitert. Dass ihm die Ähnlichkeit van Breijdens mit seinem Englischlehrer nie aufgefallen ist, diesem blonden Landser, Wilhelm Holmann, der Kinder so kunstfertig drangsalieren konnte, sobald sie vor ihm an der Tafel standen …

Van Breijden ist hinter der nächsten Schneeverwehung verschwunden. Abgetaucht. Etwas stimmt nicht. Vielleicht ist es Ravens Tod, der Jacobs Aufmerksamkeit geschärft hat. Vielleicht spinnt er auch nur. Aber er macht sich jetzt Sorgen um Inés.

Am letzten Samstag im August hat van Breijden sein jährliches Sommerfest veranstaltet. Auf Büttenkarten hatte er zu seinem 75. Geburtstag eingeladen. Auch Jacob, der sich wunderte. International bekannte Künstler gaben ein auserlesenes Konzert im Vierkanthof. Dann hielt van Breijden eine Rede wie im Dreisatz. Inés saß in der ersten Reihe, und Jacob konnte sie von schräg hinten beobachten, als Ton van Breijden das Ende seiner und ihrer gemeinsamen Karriere erklärte.

„Wir haben uns entschieden, leise abzutreten. Die kleine Europa-Tournee im Frühjahr und die Salzburger Festspiele bildeten den Abschluss. Wir sagen Danke."

Nicht mehr. Dann stand Inés auf, von unsichtbaren Fäden emporgezogen, wie betäubt. Van Breijden nahm ihre Hand, zog sie in eine gemeinsame Verbeugung, dann gingen sie zu ihrem Haus und verschwanden. Das überraschte Schweigen der Gäste dauerte. Später machten Gerüchte die

Runde, aber Jacob beteiligte sich nicht an den Spekulationen. Er schaute auf die Lichter im Haus, die allmählich ausgingen. Als van Breijden die schwere Bauerntür geöffnet hatte, war es Jacob vorgekommen, als schöbe der Dirigent seine Frau hinein. Inés hatte eine weiße Bluse getragen, und die Hand in ihrem Rücken wirkte in diesem Moment so massiv, so zwingend, fast bedrohlich, dass Jacob Beerwein eine Angst um Inés empfand, die ihm gar nicht zustand. Aber diese Hand war einfach zu groß, zu nah an dieser zierlichen Person gewesen. Seitdem sind Monate vergangen. Jacob weiß jetzt, dass er darüber mit Melchior sprechen muss. Oder mit Barth. Doch er verwirft den Gedanken gleich wieder.

„Sie hat wahrscheinlich bloß eine Grippe. Ich warte bis Neujahr und komme unverbindlich auf einen kurzen Besuch vorbei. Schließlich gehören die beiden zu meiner Gemeinde."

Er hat das gemurmelt. Er kann es sich nicht abgewöhnen, mit sich selbst zu reden. „Priesterkrankheit", seufzt er, aber auch das ergibt kein Gebet. Immerhin erinnert es ihn an seine Pflichten. Der Gottesdienst am Silvesterabend muss vorbereitet werden. Der gehbehinderte Beckmann wird aus Markandern kommen und die Orgel *schlagen*. So nennt Jacob es, insgeheim. Beckmann spielt etwas eckig, findet er, ohne das anders ausdrücken zu können. Beckmann ist inzwischen fast achtzig, aber besser als das massive Schweigen von oben. Jacob wird einige Lieder aussuchen, nicht zu viele. Ihm fällt die *Sonne der Gerechtigkeit* ein. Passt zum Jahresausklang. Und angesichts dessen, wie nahe *Tiefbraun* inzwischen an seine Kinderzimmerwelt herangerückt ist. Jacob wagt es nicht, die wenigen Kilometer bis an den Rand des apokalyptischen Kraters zu fahren. Aber er hat im Fernse-

hen Bilder gesehen. Aus der Luft nimmt sich dieser Höllen-
schlund wie die Welt nach einem Meteoriteneinschlag aus.
An so etwas sind die Dinosaurier zugrunde gegangen, denkt
Jacob, und er fühlt sich kaum anders.

Auf dem Rückweg überlegt er, worüber er predigen
könnte. Als er eine Stunde später vor seinem Frühstück sitzt,
schmeckt ihm nicht einmal der Kaffee. Das Ei hat er versehentlich zu hart gekocht, und er wartet vergeblich auf eine
Idee für seine Predigt.

12

Die Wohnung ist noch amtlich versiegelt. Barth trennt das Etikett mit dem eigenartigen schwarzen Schlüssel durch, den ihm der Notar ausgehändigt hat. Der papierscharfe Schnitt macht ein endgültiges Geräusch. Hier lebt keiner mehr, denkt Jacob und rechnet mit umfassender Finsternis. Sie stehen vor einer weiteren Tür, die einen engen Flur abschließt. Jacob sucht seitlich nach einem Lichtschalter, vergebens. Barth geht entschlossener vor. Für die nächste Tür braucht er keine Erlaubnis. Aber sie quietscht wie zur Warnung.

Barth betritt den Hauptraum, während sich Jacob zur Seite wendet. Um einige Schritte versetzt, befindet sich rechts vom Eingang eine Küchennische, die sich nach hinten zu einem Bad öffnet. Jacob weiß nicht, wonach er Ausschau hält. Aber er sucht etwas. Die Puppenhausenge dieser Wohnung erschreckt ihn. Die Dusche klemmt sich in die Dachschräge. Jacob dürfte mit seinem Umfang kaum hineinpassen. Alles wirkt wie eine Raumkapsel, in der Raven sein Leben verbrachte.

Barth ruft Jacob in den Wohnbereich, der sich schlauchförmig an zwei Dachgaubenfenstern vorbeizieht. Schneepolster dichten sie oben ab. Von innen lässt sich vermuten, dass das vierte Geschoss nachträglich auf das Haus gebaut wurde, um circa einen Meter von der Vorder- und Rückseite nach hinten gesetzt. Entsprechend klein fällt der Zuschnitt des Apartments aus. Wenn das überhaupt der richtige Begriff für einen Ort wie diesen sein kann, denkt Jacob.

Weiße Billy-Regale bestimmen die Wände, die meisten Bücher in zwei Reihen sortiert. Die hintere lugt jeweils halbhoch über die vordere. Viele Titel erkennt Jacob an den Farben: Hesse, Brecht, die kafkaschwarze Fischer-Kassette mit dem weißen Schriftzug obenauf, die roten Rororo-Bände. Mittendrin, ausladend, Sartre: *Das Sein und das Nichts.* Der über Eck gebaute Schreibtisch erhält stirnseitiges Licht von einem der Gaubenfenster. Daneben stapeln sich Kataloge und Zeitschriften zu fragwürdigen Pyramiden. Und in einem schrägen Winkel zur Regalwand hat Raven den patriarchalen Ohrensessel aufgebaut, den Jacob noch aus dem Cajetan kennt. Er möchte sich hineinsetzen, alte Zeit probieren, aber das kommt ihm unangemessen vor. Hier hat der tote Freund zuletzt gesessen. Wehmütig streicht er über die Lehne, die sich am gebogenen Ende wie eine Muschel öffnet.

Kaum einen Meter neben dem Sessel führt eine Holzleiter, die im Boden verankert, Jacob aber sehr steil angelegt scheint, eine Halbetage nach oben. Er riskiert ein paar tastende Schritte auf dieser wackligen Konstruktion und versucht, über den Rand zu lugen. Aber die Erde rotiert in diesem Raum anders. Die Schwerkraft hinterlässt ein Loch irgendwo in Jacob, der gefährlich zu schwingen beginnt. Das fehlte noch, vor Barths Augen abzustürzen. Jacob sieht sich schon wie einen Maikäfer auf dem Rücken liegen, und der bloße Gedanke genügt, um beim nächsten Tritt zu knapp aufzusetzen und fast abzurutschen.

„Ein Toter reicht, meinst Du nicht?"

Barth hat Jacob mit seiner rechten Pranke gesichert und schiebt ihn nach oben.

„Ist schon gut."

Er brummt den Kommissar weg. Der kommt trotz seines Gewichts leichter voran. In einem Hirnareal, das für M reserviert bleibt, hört Jacob den Freund etwas feixen. Er weiß, dass M Recht hat. Das alles ist nichts für Jacob Beerwein.

Trotzdem steigt er bis nach oben. Auf der Empore drängt sich Ravens Bett in die äußerste Ecke: ein einfacher Lattenrost mit Matratze, daneben ein Ablagewürfel mit Zeitschriften und Lampe. Das gesamte Ensemble ist streng weiß gehalten, der mattgraue PVC-Boden passt dazu. Die ganze Wohnung wirkt klinisch sauber, fast steril.

„Könntest Du so leben?"

Jacob stöhnt seine Frage, nicht nur aus Anstrengung. Zur Vorsicht fährt er sich mit einem Taschentuch über seine Stirn. Er hätte es vorher waschen sollen. Barth antwortet nicht. Er hat sich auf der Treppe nur einen Überblick verschafft und wieder kehrtgemacht, um den Ablageschrank neben dem Schreibtisch zu untersuchen. Viel zu groß für den Raum, denkt Jacob. In den flachen Regalschüben muss Raven etwas Besonderes aufbewahrt haben. Vom Format her vielleicht Zeichnungen. Oder Dokumente. Barth probiert Reihe um Reihe durch.

„Alles abgeschlossen. Aber wo?"

„Habt Ihr nicht beim ersten Mal schon alles untersucht?"

„War keine Zeit."

Warum nicht, würde Jacob interessieren, aber für einen Priester läuft die Zeit vermutlich anders ab als für einen Kommissar.

Barth tastet erst seitlich, dann hinter dem Schrank nach etwas, vielleicht nach einem Mechanismus, denkt Jacob, wie er es aus Kriminalromanen kennt. Er mag ihre Berechenbarkeit. Sie lassen das Leben so viel ungefährlicher erscheinen, als es ihm vorkommt.

Der Kommissar schimpft in einer fremden Sprache vor sich hin. Er schwitzt, ohne etwas zu entdecken. Nun untersucht er das Furnier der Abdeckung und streicht mit geschlossenen Augen, als könnte er so besser sehen, von oben und unten über den leicht vorspringenden Rahmen.

„Da ist eine leichte Erhebung. Könnte eine Art Zylinder drunter sein."

Der Kommissar probiert etwas, was für Jacob unsichtbar bleibt. Barth lässt sich Zeit für seine Inszenierung. Als Entfesselungskünstler kann sich Jacob diesen Menschen kaum vorstellen. Aber das ändert nichts.

„Treffer."

Barth zaubert ein kleines Holzpaneel hervor, das sich ablösen lässt. Jacob möchte kichern, aber wie soll er erklären, dass er sich so etwas schon gedacht hat.

„Ganz schön aufwendig."

Raven wollte es schwermachen, ihn zu öffnen, denkt Jacob und wundert sich im selben Augenblick, dass er sich wie die Figur in einer Detektivgeschichte von Dorothy L. Sayers verhält. Lord Peter Wimsey verehrt er. Und die *Neun Schneider* liebt er. Kirchenglocken als Mörder, und das in einer verschneiten Silvesternacht – das gefällt Jacob Beerwein. Nostalgie hebt Zeit auf, aber mit diesem Gedanken landet er nur in seiner Gegenwart.

„Bin gespannt, wofür Raven so eine Vorrichtung gebraucht hat."

Barth sieht aus, als warte er auf Jacobs Schlussfolgerungen.

„Raven muss mit einem unbefugten Gast gerechnet haben. Aber wer sollte hier einbrechen?"

Jacobs Überlegungen führen auch dann nicht weiter, wenn er sie ausspricht. Er braucht Zeit für einen nächsten Gedanken. Er stellt sich Raven vor, wie er von seinem Lesesessel aus die Szene verfolgt. Hat er das eingeplant? Den Be-

such, für den er einen Brief hinterlegt hat? Jacob ist unwillkürlich auf und ab gegangen, wie um ein Gefühl für den Ort
zu bekommen, an dem Raven gelebt hat. Aus jedem Buch
schaut der Freund in eine Welt, die ihn nicht mehr kennt,
aber der er etwas hinterlassen hat.

„Gibst Du mir mal den Brief?"

Jacob sucht nach dem Schreiben, das ihm der Notar eine
Stunde vorher ausgehändigt hat. Der Umschlag verhakt sich
im Innenfutter des altmodischen Lodenmantels, den Jacob
von seinem Vater geerbt hat. Die Handschrift hat er sofort
erkannt: die schräg gesetzten Buchstaben eines Linkshän-
ders. Dass Raven den Brief eigenhändig geschrieben hat, berührt Jacob. Dabei handelt es sich nur um eine formelle Be-
stimmung, die ihn zum Generalerben erklärt. Der technische
Ausdruck, den der Anwalt wählte, lautete anders, aber er ist
Jacob entfallen.

Im Kuvert, auf einer Visitenkarte ohne Namen, mit Tesa-
film befestigt, befand sich ein feinzahniger Schlüssel, den Jacob nun an Barth weiterreicht. In dessen feisten Klauen verschwindet er, und Jacob ist sich gar nicht sicher, ob es Barth
gelingen wird, das Stück blind einzusetzen. Doch der
Schlüssel greift gleich beim ersten Versuch. Als würde jemand tief ausatmen, lassen sich die Regale aufziehen. Sie geben sorgfältig sortierte Kladden von beachtlicher Größe frei.

„Fotomappen."

Barth hat die erste geöffnet.

„Nicht schlecht. Das ist eine Überraschung."

Jacob blickt über die Schulter des Kommissars und sieht
in das Schlafzimmer eines Paares, das sich gerade liebt. Das
Foto ist von schräg oben aufgenommen, wobei man erkennen kann, dass sich der Raum im obersten Stockwerk des

Grewe-Komplexes befindet. Im Hintergrund sieht man die Spitze des Brauturms.

„Wie hat er das aufgenommen? Die Perspektive ist doch gar nicht möglich."

„Er muss auf das gegenüberliegende Dach geklettert sein."

„Und warum? War Raven ein Spanner?"

Jacob will die Frage nicht aufgreifen. Die Fotografie ist auf Hochglanzpapier gezogen und gestochen scharf. Die Details, die sie zeigt, interessieren den Kommissar mehr als den Priester. Er zieht unter dem Foto eine Serie von weiteren Bildern hervor, die er auf dem Boden ausbreitet. Lose verteilt, ergeben sie einen Zusammenhang. Es handelt sich um vierundzwanzig Fotografien, sie scheinen einen Tag zu umfassen. Ausgewählte Schnappschüsse, die zugleich wie arrangiert wirken.

„Immer dasselbe Zimmer, dieselbe Perspektive."

Die Frage, die sich Jacob stellt, hilft nicht weiter. Raven hat sein Objekt förmlich belauert. Das Paar ausspioniert. Manchmal allerdings sieht man auch nur einen unbestimmten Raum, den Raven aufgenommen hat.

„Eigentümlicher Effekt … Als hätte Raven Leere fotografiert."

Der Kommissar denkt praktischer.

„Kennst Du die beiden?"

„Nicht, dass ich wüsste."

„Hmm. Hier kann man sie am besten sehen. Aber das Gesicht des Mannes bleibt im Schatten."

„Sonderbare Haltung, irgendwie schief, oder?"

„Ich muss überlegen. Er erinnert mich an jemand."

Doch Barth kommt nicht weiter. Währenddessen zieht

Jacob die nächste Mappe heraus. Sie enthält erneut vierundzwanzig Fotografien.

„Da ist schon wieder der Mann."

„Wieder nicht genau zu erkennen."

„Aber die Haltung. Das ist derselbe Kerl."

„Warum hat Raven ihn fotografiert?"

„Wenn es Raven war."

„Dafür spricht wohl einiges."

Barth weist auf drei Kameras hin, die sich in einem Regal
neben der Haustür befinden. Barth geht hinüber und greift
eine heraus.

„Nicht schlecht. Mit Nachtsichtfunktion."

Jacob beugt sich noch immer über die Fotografien.

„Das muss das Penthouse im ersten Block sein."

„Das finden wir im Handumdrehen heraus."

Barth greift zu seinem Handy und tippt fast akrobatisch
mit der Hand, in der es hält, eine Nummer ein.

„Warte mal."

Jacob zeigt auf eine weitere Mappe.

„Sie ist leer. Die einzige, wie es aussieht."

Jacob meint eine Automatenstimme aus Barths Handy
zu vernehmen. Der Kommissar drückt sie weg. Er konzentriert sich auf die Mappe ohne Inhalt. Barth muss nicht sagen, was er davon hält. Was leer ist, wird still, denkt Jacob.
Oder ist das nur der Schnee auf den Fenstern, der gegen jedes
Geräusch von außen abdichtet? Jacob hat das Gefühl, sich in
einem hermetischen Raum zu befinden. Ihm fällt etwas ein.

„Hat man bei Ravens Leiche eigentlich einen Wohnungsschlüssel gefunden?"

„Nein. Kein Portemonnaie. Keinen Ausweis. Und auch
keinen Schlüssel."

„Woher haben Deine Kollegen dann gewusst, dass es sich um Raven handelt?"

„Ein Rettungsassistent aus dem Notarztwagen hat ihn erkannt. Er hat ihn früher schon einmal aufgegriffen. Sie hatten seine Personalien. Eine Streife ist dann zu seiner Wohnung gefahren und hat sie so vorgefunden."

„Ohne Schlüssel?"

„Glaubst Du nicht, dass wir unsere Möglichkeiten haben?"

„Entschuldige bitte, ich habe so etwas noch nie erlebt. Es ist irgendwie surreal. Beängstigend."

„In der Tat. Und der fehlende Hausschlüssel beunruhigt mich von Anfang an."

13

Der Mond rutscht nach unten, überraschend schnell. Er füllt den gesamten Horizont aus und stürzt dann hinter dem Fenster ab, aus dem Jacob seinen Traum verfolgt. Noch einmal beruhigt ein sattes Goldgelb die Welt, bevor sie endgültig untergeht. Jacob weiß, dass der Absturz ins Meer eine gigantische Flutwelle auslösen wird. Jedes Gebet kommt zu spät. Niemand kann überleben. Angespannt wartet Jacob auf den Tsunami. Am anderen Ende der Welt muss sie schon untergegangen sein. Jacob atmet in die nächste Wehe, die ihn mit sich zieht, fast widerstandslos, obwohl sein Körper mit einem Krampf reagiert, der ihn endgültig aus dem Traum reißt.

Das ist ungewöhnlich. Jacob träumt mittags nie. Er muss tiefer eingeschlafen sein als gewöhnlich. Die letzten Tage haben ihn mitgenommen. Sein Schlafanzug ist durchgeschwitzt, er sollte sich mittags nicht mehr ins Bett legen. Auf dem Sofa döst er bloß. Und nicht so lange. Jacob hat sich müde geschlafen. Er schaut auf die Uhr. Drei Stunden haben sich in einem unbestimmten Raum verloren.

Er steht wie nach einer schweren Nacht auf, der Rücken fühlt sich entsprechend an. Bevor er ins Bad geht, riskiert er einen Blick nach draußen. Dornbusch wartet auf einen anderen Untergang. Das Wetter hält ihn noch auf. Auch am Ende des Tals löst sich die Ordnung auf. Immerhin. *Tiefbraun* wird noch Wochen stecken bleiben und die Bagger nach der Schmelze im Matsch versinken. Hofft Jacob zumindest. Aber auch das ergibt kein Predigtthema. Vielleicht sein

Traum vom Mond? Das erscheint ihm zu intim, zu apokalyptisch, beides gleichermaßen.

Als er sich im Badezimmer auszieht, trifft er eine spontane Entscheidung. Er lässt Badewasser ein und beschließt, sich vor seinem Gewissen abzumelden. Er nimmt sich frei. Als Kind konnte er sich krank machen, eine Erkältung herbeispüren und den Vater wie sich selbst davon überzeugen, dass er im Bett bleiben müsse. Der Vater sah ihn dann mitleidig, aber auch besorgt an, um ihn dann mit einer heißen Zitrone und Geschichten zu versorgen, die er ihm abends vorlas. In seiner Abwesenheit hörte Jacob Schallplatten: Märchen, Abenteuergeschichten, über sein Alter hinaus. Vor allem aber las er Comics, *Prinz Eisenherz*, und am liebsten Jules Verne. Den Zweifel an seinem Zustand wurde Jacob dabei nie ganz los. Egal, seine ungehörigen Ferien hatten sich ihm gerade deshalb als eine glückliche Zeit eingeprägt. Manchmal wiederholte er sie. Vor allem wenn er sich in die Badewanne legte. Wie heute. Die Predigt kann warten, und Melchior wird er für diesen Abend absagen. Eine kurze SMS, ausnahmsweise, obwohl er es nicht mag, sein Handy einzuschalten. Es drohen Nachrichten, die er nicht ignorieren kann. Also lässt er es. Er nimmt stattdessen das Telefon und hofft, dass M nicht an den Apparat geht, sondern der Anrufbeantworter anspringt. Jacob will nicht reden, er möchte für sich bleiben. Er wird auch im Schlafzimmer die Heizung voll aufdrehen, eine Flasche Rotwein öffnen, eine von den guten, sich ins Bett legen und den Tag lassen, wo er ist.

Nur dass er sein Pflichtbewusstsein nicht ausschalten kann. Er lässt es vier-, fünf-, sechsmal klingeln. Bis sich Melchior doch noch meldet.

„Entschuldigung. Hatte mich gerade etwas hingelegt."

„Dafür nicht."

„Bitte?"

Jacob verzichtet auf eine Erklärung. Er hustet nur.

„Hast Du Dich erkältet?"

Jacob gibt ein bronchiales Geräusch von sich. Das muss genügen.

„Wie war es bei Raven?"

Jacob möchte daran nicht erinnert werden. Barth hat ihn nach einem hastigen Imbiss in der Pommesbude von Markandern vor dem Pastorat abgesetzt und versprochen, sich zeitnah zu melden. *Sobald er mehr wisse.* Womit er vor allem das Ergebnis der Obduktion meinte.

„Es war ... eigenartig."

Jacob fehlt der richtige Ausdruck für die Vorstellung, die er mit nach Hause nehmen musste.

„Wird alles bis ins neue Jahr dauern."

Ein Satz, wie man einen Kreidestrich zieht. Nur beendet er nichts. Jacob hustet diesen Gedanken. Wird er etwa krank? Barth wirkte auch nicht gesund, an keiner Stelle. Aber das beschäftigt Jacob jetzt nur am Rande. Er weiß nicht, ob ihm eine Pause von einigen Tagen nicht lieber als jede Klarheit ist. Sobald der Fall geklärt ist, muss er Raven beerdigen. Dabei fühlt sich Jacob in diesem Augenblick schon von Melchiors Frage überfordert.

„Also?"

„Also *was*?"

M schüttelt den Freund, jedenfalls wirkt es auf Jacob so.

„Wie war es bei Raven?"

„Ich weiß nicht."

„Was soll das heißen: *Du weißt nicht.* Du warst doch in der Wohnung? Wie sah es da aus? Hat Barth etwas entdeckt?"

M schaltet auf wach, während Jacob nur in seine Bade-wanne kriechen will.

„Tut mir leid. Ich kann jetzt nicht reden."

„So schlimm?"

Der Freund klingt beunruhigt, aber das ist alles zu viel für Jacob Beerwein, der sich nach heißem Wasser und dem Badezusatz sehnt, den ihm Frau Haverkamp bei anderer Gelegenheit besorgt hat. Er geht mit dem Telefon in der Hand und leicht bekleidet in das Badezimmer, um den Stand der Dinge zu überprüfen. Dort läuft nichts über.

„Mensch, ich weiß nicht. Ich brauche meine Ruhe. Ich gehe heute nicht mehr vor die Tür. Ich lege mich jetzt in die Badewanne und versuche, den Kopf freizukriegen."

Der Freund schiebt noch etwas nach, das Jacob nicht versteht, bevor er auflegt. Oder aufwirft. Aber damit will sich Jacob nicht mehr beschäftigen. Er konzentriert sich auf sein Badewasser, gießt sein Nadelholz-Extrakt dazu und re-guliert die Temperatur etwas nach oben. Es muss heiß sein, brennend heiß. Die ersten Schwaden nebeln den Spiegel ein. Das ist ein günstiger Moment, um sich auszuziehen. Vorher schließt Jacob noch seinen MP-3-Player an die beiden Boxen an, die er sich auf Empfehlung von Melchior hat installieren lassen.

Jacob entscheidet sich für ein Hörbuch, das ihm M aus dem Netz geladen hat. M versorgt ihn regelmäßig mit Lite-ratur, zuletzt mit einem *Maigret*, den Gert Heidenreich ihm vorliest, eine Privatvorstellung.

Gott sei Dank, denkt Jacob, und weiß eigentlich nicht warum, als er sich in seine Vergangenheit sinken lässt. Das Glas Merlot hat er griffbereit auf dem Wannenrand platziert. Eine labile Angelegenheit, denkt er, aber er nimmt das letzte Risiko dieses verlorenen Tages auf sich.

14

Maigrets Inspektor Griesgram kämpft sich durch einen haltlosen Pariser Regen. Jacob tut die Kälte gut, in der sich der Inspektor verliert. Umso wärmer wird ihm. Er schwitzt sich aus. Schon nach wenigen Minuten erreicht er den Grad an Müdigkeit, den er sucht. Der aromatische Dampf des Bades legt seinen durchlässigen Film auf. Die Haut wird an jedem Finger weich. Ein brutal misshandelter, dünn bekleideter Frauenkörper liegt auf der Place Vintimille. Jacob kennt die Handlung, aber das macht nichts. Er liebt die Wiederholung, den Ablauf immer gleicher Geschichten und Figuren. Wie das skurrile Duell des Inspektors Lugnon mit dem Kommissar. Von Zeit zu Zeit lässt Jacob etwas vom auskühlenden Wasser ab und heißes ein. Er kann Stunden so liegen bleiben und verfolgt die Bemühungen Maigrets, den Mord an dieser jungen Frau aufzuklären, die elend arm war und genauso starb.

Ravens Züge überlagern die von Louise Laboine. Hat er deshalb diesen Maigret ausgesucht? Jacob hört und liest nach Stimmung, unsortiert. Was gerade passt. Wenn er nachts nicht schlafen kann, überbrückt er die Stunden mit vertrauten Stimmen. Oft sind sie ihm wichtiger als die Geschichten, die seinen nervösen Schlaf begleiten. Seine Träume folgen dieser Logik. Verheddern sich. Setzen alles falsch zusammen. Jetzt, in der Badewanne, vor sich hin dämmernd, verraten die Bilder, die der Roman hinterlässt, nur den Faulenzer, für den sich Jacob hält. Er denkt an Simenon, den Vielschreiber. Das eigene Buch ist keine Zeile vorangekommen. Jacob beschließt Vorsätze für das neue Jahr, die bereits etwas nachgeben, als er mit einem Ruck aufsteht. Es ist genug.

Den nächsten Augenblick fürchtet Jacob. Er sollte sich kalt abduschen, aber diese Härte hat er nie gegen sich aufgebracht. Er friert, die Wärme des Wassers hält nicht vor. Mit schnellen Bewegungen frottiert Jacob sich ab und zwängt sich in seinen Bademantel. Zu eng. Soll er zum Ende des Jahres noch einmal auf die Waage, sein Gewicht prüfen? Aber was würde ihm eine hohe Kilozahl verraten, was er nicht längst weiß? Er erspart sich jede weitere Anstrengung und gibt dem Wunsch nach, sich gleich hinzulegen, im Bett nachschwitzen. Um das Badezimmer will er sich morgen kümmern. Selbst das Badewasser lässt er nicht ab. Ihm gefällt der geringfügige Widerstand gegen ein Pflichtgefühl, das sich in einem akuten Schwindel zerstreut. Sein Kreislauf gibt nach. Das wäre ein schöner Tod, denkt Jacob, und steht vor Ravens Leiche und der von Louise.

Er hat sie sich immer blond vorgestellt, schmal, mit blasser Haut. Stimmt das? Er kann sich nicht erinnern. Raven war früher braun gebrannt, trotz seiner kalifornienblonden Haare. *Kalifornienblond.* Hatte M mal gemeint, als Raven auf einer Fete gleich von zwei Mädchen bedrängt worden war. Es waren immer die hübschesten gewesen, und Raven schien umso mehr Erfolg bei ihnen zu haben, als er sich nie darum scherte. Raven interessierte nur Fußball. Jedenfalls wirklich. Er las, er hörte die Musik, die sie alle hörten, und er machte in der Schule, was man tun musste, um durchzukommen. Was ihm so verdammt leicht fiel, leicht wie alles. Denkt Jacob, als er sich in seinem Bettzeug festmacht. Er denkt alte Gedanken.

Nazaire taucht aus ihnen auf. Einzelne Mitschüler. Tote Lehrer. Die Patres. Das Internat. Jacob war immer froh, dass ihn sein Vater dort nicht untergebracht hatte. Nach dem Tod der Mutter stand das im Raum. Pfarrer Loosen wollte den Vater entlasten und hatte sich bereiterklärt, sich an den Kosten zu beteiligen. Sogar der Schulleiter, Pater Elias, war eigens nach Dornbusch gekommen. Man könne ein Stipendium *gewähren*. Jacob erinnert sich an den Ausdruck und denkt an unverdiente Gnade. Eine, die er nie wollte. Es stand in keinem Prospekt, aber das Cajetan-Gymnasium war auch gegründet worden, um künftige Priester auszubilden. Möglichst Dominikaner.

„Jacob bleibt bei mir", hatte der Vater nur angemerkt. Und seinen Sohn entschieden angesehen.

„Es sei denn, er möchte ins *Cajetan*."

Danach gab es keine weiteren Versuche. Vielleicht wäre alles anders gegangen, denkt Jacob jetzt. Vielleicht hätte er das Schlimmste verhindern können? Aber wie? An der Geschichte von damals bleibt bis heute vieles rätselhaft.

Während sich sein Kreislauf beruhigt, nimmt sich Jacob vor, in den nächsten Tagen einmal seinen Pater Elias anzurufen. Er ist inzwischen fast neunzig Jahre alt, und wenn Jacob beichtet, dann immer noch bei ihm. Was nicht oft vorkommt, aber Pater Elias zu keinen Vorhaltungen veranlasst. Er freut sich einfach, den ehemaligen Schüler zu sehen, und er freut sich wohl auch, dass Jacob zu denen gehört, die nicht nur Priester geworden sind, sondern auch durchgehalten haben.

Sehr priesterlich hat sich Jacob nie gefühlt, nicht einmal bei seiner Weihe. Aber er hat seine Gelübde gehalten, wenn auch wenig angefochten. Der Gehorsam ließ sich am besten auf Distanz leben, und als Auslandspfarrer gab es davon reichlich. Von den Frauen, die sich für einen Mann wie ihn hätten interessieren können, war nie ein gefährlicher Reiz ausgegangen. Er ist kein Raven.

Jacob sieht ihn in der Kälte liegen. Wer misshandelt einen solchen Menschen? Wehrlos? Wer hätte sich jemals vorstellen können, dass Raven so sterben musste? Jacob hat ihn immer bewundert, von den ersten Schultagen an. Ravens Eltern stammten aus Südafrika und hatten seit ihrer Heirat in verschiedenen europäischen Ländern gelebt. Ihren Sohn brachten sie im *Cajetan* unter, als der Vater seinen Diamantenhandel nach Düsseldorf verlegte. Raven war elf Jahre alt und startete noch einmal neu im Gymnasium, während seine Schwester Corinne bei den Eltern blieb. Hinter der Entscheidung, ihn ins Internat zu stecken, verbarg sich eine eigene Geschichte, aber das blieb Ravens Geheimnis.

Ich stecke bei den Cajetanern fest, das hat Raven gesagt, denkt Jacob, und dass er Corinne fragen will, sobald sie sich meldet. Schon wegen der Ansprache beim Begräbnis. Eine alte Neugierde meldet sich. Aber es geht um mehr.

15

Raven nimmt den Ball mit der Brust an, lässt ihn kurz abtropfen und setzt ihn volley in den rechten oberen Torwinkel. Ein anderes Mal zieht er mit links am Verteidiger vorbei, täuscht an, um dann fast aus dem Stand mit dem Außenrist fulminant ins lange Eck zu treffen. Oder das 1:0 in seinem ersten Klassenspiel. Jacob besitzt viele erste Erinnerungen an Raven. Melchior kennt sie alle. Es sind auch seine. Jacob könnte den Freund anrufen, und sie würden in den Spielen schwelgen, die sie gemeinsam verfolgt haben. Weil Raven zu ihnen gehörte, waren sie mittendrin.

Jacob hat es bis in die Küche geschafft und eine Tiefkühlpizza in den Backofen geschoben. Dann hat er sich in seinem Wohnzimmer in eine Decke gegraben. Während er auf seine Pizza wartet, hört er den Maigret weiter, auch wenn die Gedanken schnell abschweifen. Hat Simenon einmal über Fußball geschrieben? Bis heute gibt es wenig, was Melchior und Jacob so ernst nehmen wie ein Fußballspiel.

Das verband sie mit Raven. Als Kinder konnten sie endlos miteinander spielen, meist in Jacobs großem Zimmer, in dem der Vater die Märklin-Eisenbahn aufgebaut hatte. Sie spielten alles, und sie spielten so, dass es auch für Melchior nie schwierig war. Bedingungslos.

Vielleicht konnte ich deshalb glauben, denkt Jacob, aber ihm steht nicht der Sinn nach dem eigenen Leben. Er sammelt Fotografien, die er gedanklich in dem Album unterbringt, das er früher mit den Freunden angelegt hat. Aus der Küche meldet die Stoppuhr, dass er sich um seine Tonno kümmern muss. Er schneidet sie in krosse Achtel und lässt liegen, was ihn aufhält. Die Reste sind für morgen.

Wieder macht er sich auf den Weg durch das ausgekühlte Treppenhaus, diesmal in sein Schlafzimmer. Der Rotwein passt zur Pizza. Raven schießt weiter Tore, während seine Leiche rechtsmedizinisch untersucht wird. Maigret braucht noch eine Stunde, um den Korsen zu überführen. Wieder geht Inspektor Griesgram leer aus. Es ist einundzwanzig Uhr. Zu früh um zu schlafen, zu spät, um noch ein Buch anzufangen. Oder einen Film. Irgendetwas. Jacob ist es langweilig. Ein Kinderwort aus verregneten Sonntagen, denkt er, wenn Melchior keine Zeit hatte und Raven das Wochenende im Internat verbringen musste. Seine Eltern hat Raven nur alle vier Wochen besucht. Bei Freunden zu übernachten, war nicht erlaubt. Die Sonntage hasste Jacob, weil der Vater mit Gottesdiensten und Taufen beschäftigt war und selbst Melchior meist zu Hause bleiben sollte. Familientag. Jacobs Familie war der Vater.

Also las Jacob. Aber heute hat er keine Lust. Zu nichts. Außerdem kühlt er allmählich aus.

„Ich werde wirklich krank", sagt er in Richtung Kamin und steht auf, um einige Scheite nachzulegen. Am Fenster hält er an. Melchiors Haustür steht offen, das gedämpfte Licht aus dem Flur fällt auf eine Frau, die sich zu Melchiors Rollstuhl bückt und M einen Kuss auf jede Wange drückt. Als sie hinaustritt, schaltet der Bewegungsmelder die Außenbeleuchtung an.

Es ist Inés. Sie rückt ihr Kopftuch zurecht und setzt eine dunkle Brille auf, eine Sonnenbrille am Abend. So hell kann kein Schnee sein, denkt Jacob, aber er stutzt, als Inés das Gestell noch einmal abnimmt. Ein dunkler Streifen zieht sich über ihre linke Gesichtshälfte. Kann er das sehen? Aber

Jacob ist sich auch aus der Distanz sicher. Inés sieht zu seinem Fenster hoch, zögert einen Moment, setzt die Brille erneut auf und geht, ohne ihn zu grüßen oder ein Zeichen des Erkennens.

Jacob sticht eine blödsinnige Eifersucht. Ein Ärger auf den Freund. Was hat Melchior mit Inés zu tun? Die Freude an diesem ruhigen Abend ist zerstört. Wäre er doch zu Melchior gegangen, dann hätte er Inés sehen und mit ihr sprechen können. Jacob hat M noch nichts von seinen Befürchtungen erzählt. Nun muss er ihn fragen, was mit Inés los ist.

Er steht am Fenster und sieht, wie Inés nach rechts abbiegt, auf den Vierkanthof zu. Sie braucht eine halbe Stunde, auch wenn der Schnee fest und der Sturm erst für morgen angesagt ist. Sie bewegt sich langsam vorwärts, manchmal scheint sie zu schwanken. Etwas stimmt nicht mit ihr.

Jacob beschließt, Melchior sofort anzurufen. Auf dem Festnetz meldet er sich nicht. Jacob schaltet sein Handy wieder ein und bemerkt, dass M es mehrfach versucht hat. Auf der Mailbox findet sich keine Nachricht. Jacob wählt die vertraute Nummer und wartet. Vergeblich. Er probiert es ein zweites Mal, doch nun hat Melchior abgeschaltet. Das ist sonderbar. M bleibt immer online. Gegenüber gehen die Lichter aus. Das Schlafzimmer befindet sich nach hinten, zum Garten hinaus. M geht ins Bett. Das ist keine Zeit für ihn, denkt Jacob. Er fühlt sich elend.

„Ich werde krank", sagt er noch einmal halblaut, als wolle er ein Versprechen erneuern. Wie von selbst zuckt ein trauriges Lächeln um den hängenden linken Mundwinkel. Es bildet einen Satz, der sich wiederholt. *Ich werde krank…*

16

Melchior flucht ins Telefon. Jacob hustet zurück. „Was ist los mit Dir? Mal wieder krank?"

„Meine Jahresgrippe."

„So ein Schwachsinn. Das Jahr geht zu Ende. Das lohnt sich nicht mehr."

Jacob lässt sich davon nicht beeindrucken. Er spürt Gliederschmerzen, den Druck auf den Bronchien. Er hätte nicht stundenlang in der Badewanne bleiben sollen. Zum Glück verfügt er über einen hinreichenden Vorrat an Medikamenten.

„Außerdem hattest Du schon im letzten Februar eine Grippe. Zweimal im Jahr, das ist unnatürlich."

Jacob ist es egal, ob das, was Bruder Leib ausbrütet, Grippe oder sonst wie heißt.

„Was weißt Du über die menschliche Natur?"

„Jedenfalls mehr als ein Priester!"

M ist gut aufgelegt, er hat auf das obligatorische *jämmerlich* verzichtet. Jacob weiß das zu schätzen. Er liegt im Bett und wartet auf Frau Haverkamp, die seine Einkäufe erledigt und ihm eine Hühnerbrühe versprochen hat. Damit er zu Kräften kommt, hat sie hinzugefügt, selbst etwas krächzend. Sie ist auch nicht mehr jung, sogar fünf Jahre älter als Jacob, aber deutlich robuster. Frau Haverkamp fährt mit ihrem Landrover durch jedes Wetter. Wie ein Panzer, denkt Jacob jedes Mal, wenn er in den geräumigen Wagen steigt.

Jacob ist es etwas unangenehm, dass er sich von Frau Haverkamp bedienen lässt. Aber ihr Mann hat nichts dagegen, und sie scheint die Aufgabe zu brauchen.

„Bist Du noch dran?"

M hat nichts von seinem Elan verloren.

„Was hat Inés van Breijden eigentlich von Dir gewollt?"

Der Themenwechsel überrumpelt den Freund.

„Was soll das jetzt? Wir reden über Deinen desolaten Zustand. Außerdem will ich wissen, was gestern beim Wohnungsbesuch rausgekommen ist."

Noch ein *Außerdem*. M hat heute viel vor, aber Jacob lässt sich nicht ablenken.

„Also?"

„Was Inés wollte?"

„Du duzt sie?"

„Sicher."

Jacob setzt einen indifferenten Laut ab.

„Hmm. Nichts. Sie wollte mich besuchen."

„Das ist neu."

„Denkst Du."

Melchior spielt auf Zeit. Aber Jacob sitzt ihn aus. Er kann länger warten. Manchmal hilft es, in allem langsamer zu sein.

„Was geht Dich das eigentlich an? Bist Du mein Beichtvater?"

„So viel Zeit habe ich nicht."

„Von meinen Sünden könntest Du noch etwas lernen."

„Mir reichen die, von denen ich profitiere."

M scheint nachzudenken. Das kann nicht lange dauern, denkt Jacob. Der Freund räuspert sich ungeschickt. Oder spielt er bloß den Bemühten? Beim vergangenen Silvester, Jacobs erstem nach seiner Rückkehr, haben sie zusammen *Dinner for one* gesehen, Jacob nostalgisch, weil sein Vater das Stück so geliebt hat, Melchior mit zunehmender Erregung über die politisch unkorrekte Figurenzeichnung.

„Ich kann diese Dienerkultur nicht ertragen."

„Ich erinnere Dich bei unserem nächsten Restaurantbesuch daran."

Aber Melchior wollte sich nicht beruhigen. Jacob weiß bis heute nicht, ob der Freund seine Empörung nur gespielt hat.

„Sie musste mal zu Hause raus. Hat in den letzten Tagen gelegen. Eine Verkühlung oder so."

„Und spaziert dann abends durch die Kälte ausgerechnet zu Dir?"

„Was heißt *ausgerechnet*? Ist ja wohl ihre Sache, wen sie besucht."

„Van Breijden hat sie nicht begleitet?"

„Die alte Klette. Nein. Der war gestern unterwegs."

„Heimliches Rendezvous. Klingt ja spannend."

„Das klingt jedenfalls nicht nach Dir. Du musst wirklich krank sein. Schon Dich lieber. Kommt noch genug auf Dich zu."

Melchior hat aufgelegt. Jacob flucht nun selbst etwas ins Telefon, aber ihm bleibt nicht viel Zeit. Es klingelt schon wieder.

„Was willst Du Idiot?"

Ein meckernder Husten unterstreicht Jacobs Absichten.

„Hm. Scheint so, dass ich Dir vor allem erst mal gute Besserung wünschen sollte."

„Barth?"

„Hauptkommissar Barth, bitte, wenn Du mich schon beschimpfst."

„Entschuldige. Ich dachte, es wäre Melchior."

„Der sinistre Rollstuhlfahrer von gegenüber?"

„Deine Wortwahl."

„Hat er Dich geärgert? Soll ich ihn vorladen lassen? Mein

Büro ist im dritten Stock. Kein Aufzug. Oder ein bisschen verhaften?"

„Bitte nicht noch ein Spaßvogel. Mir ist heute nicht danach."

„Dann dürfte das Ergebnis der Obduktion Deiner Stimmung entsprechen."

Jacob findet das ganz und gar nicht witzig, aber er spürt den Druck, unter dem Barth steht.

„Es liegt schon vor?"

„Ich verfüge am Ende meiner Laufbahn über gute Kontakte und einige erpresserische Kenntnisse über jeden im Haus."

„Kann ich mir vorstellen."

Ravens Bild taucht wieder auf. Jacob zieht die zusätzliche Steppdecke bis unter das Kinn. Im Erdgeschoss öffnet sich die Haustür. Frau Haverkamp schleift etwas über den Boden. Jacob braucht ihre Hühnersuppe so schnell wie möglich.

„Also das Ergebnis ist nicht ganz das, was ich erwartet habe."

Barth wechselt den Ton. Jacob betastet seine Stirn. Vielleicht hat er Fieber, denkt er.

„Raven muss mindestens vierundzwanzig Stunden in dem Tunnel gelegen haben. Einen ganzen Tag, eine ganze Nacht. An einem Obdachlosen geht man schon mal gerne vorbei, wenn er an einer solch dunklen Stelle liegt."

„Obdachloser?"

„Na ja, Raven lag eingerollt da. Dürfte so gewirkt haben. Er hat sich noch eingenässt. Hmm ... Nicht nur ..."

Barth holt tief Luft, aber obwohl er wie ein Raucher atmet, muss er nicht husten.

„Es stank ziemlich. Außerdem ist die Deckenbeleuchtung im Tunnel ausgefallen. Es dringt nur von der Straßenlaterne etwas Licht nach innen."

Wieder ein *Außerdem*, das Jacob nicht gefällt. Alles eine einzige Ausnahme, denkt er, kommt aber mit dem Gedanken nicht weiter.

„Raven hat schwere innere Blutungen erlitten, vor allem ein Schädel-Hirn-Trauma. Jemand hat ihm mit einem schweren Gegenstand mehrfach auf den Brustkorb, den Rücken und zweimal auf den Kopf geschlagen. Hinter dem Tunnel befindet sich eine Baustelle. Da liegt eine Menge Eisenstangen rum. Wir untersuchen sie noch, aber wir gehen davon aus, dass die Täter eine von ihnen benutzt haben."

„Es waren mehrere?"

„Vermutlich zwei. Die unterschiedlichen Schlagwinkel lassen darauf schließen. Einer dürfte deutlich größer als sein Opfer gewesen sein, über ein Meter neunzig. Er hat den Kopf seitlich von oben erwischt. Der andere war vermutlich kleiner. Seine Waffe hat andere Wunden hinterlassen."

Jacob denkt darüber nach, was das bedeuten kann. Barth schiebt die Bilder zur Seite, die Jacob bedrängen.

„Er hat Raven das rechte Schienbein gebrochen. Den Oberschenkel zertrümmert. Den Unterarm, mit dem er wahrscheinlich den Angriff abwehren wollte."

Angriff. Das klingt so harmlos, denkt Jacob, als habe das alles noch etwas von einem Spiel.

„Es sieht aus, als habe er wie besessen zugeschlagen. Immer und immer wieder. Das Fleisch ist förmlich zerfetzt."

Barth scheint etwas nachsetzen zu wollen, hält dann aber inne, als sei ihm bewusst geworden, dass jedes weitere Detail die Tat nur verdoppelt. Jacobs Gesicht hat sich unwillkürlich verzerrt, er ist unter den Schlägen zusammengezuckt, die ihn mit Barths Worten treffen und ihn zu einer präzisen Vorstellung zwingen. Er macht mit seinem rechten Arm eine Bewegung, die unbestimmt bleibt, aber von der er weiß, dass er selbst etwas abwehren will. Vergeblich. Zu spät. Stattdessen fällt ihm ein anderes Detail ein. Ein Wort. *Besessen.* Wieder so ein Wort, das Jacob in eine andere Bildwelt zieht. *Dämonen.*

„Er war chancenlos."

Verstört schaut Jacob in die Richtung, aus der die Stimme des Kommissars kommt. Er versteht nicht, was dieser Nachsatz erklären soll. Jacob kann nur an höllische Schmerzen denken.

Dabei bleibt es nicht. Der technische Aspekt des Mordes hält noch etwas in Reserve. Jacob unterdrückt einen Hustenreiz, der selbst etwas unterdrückt. Wie kommt man da raus, denkt Jacob. Aus dieser Geschichte, aus diesem Tunnel, in dem er sich wiederfindet? Irgendwo, die Augen geschlossen, meint er die Umrisse einer Gestalt auszumachen, die in ihre letzte Nacht weggleitet. Sie atmet etwas aus.

Zeit geht an Jacob vorbei, lehnt ihn gegen eine Wand, bringt ihn zu Fall. Aber er verliert nur den Verstand, nicht das Bewusstsein.

Der Kommissar am einen Ende der Leitung und der Priester am anderen warten auf ein Zeichen, auf ein Wort des anderen. Sie schweigen ins Leere. Es wird stille Nacht, denkt Jacob.

„Wahrscheinlich wäre er ohnehin gestorben."

Barth nennt ihn nicht beim Namen, für einen Augenblick ist es doch nicht Raven.

„Aber eben nur wahrscheinlich. Bei schneller Hilfe hätte man ihn vielleicht retten können. Und das ist der nächste Punkt: Raven ist erstickt."

„Was?"

„Jemand muss ihm ein Tuch auf den Mund gedrückt haben. Es haben sich Fasern gefunden und nichts, was dazu passt."

Die Bilder, die sich in Jacob wie auf fremden Befehl hin vollstrecken, führen zu keinem Schluss.

„Jemand schlägt ihn mit einer Eisenstange zusammen und erstickt ihn dann mit einem Tuch, um es wieder einzustecken und mit nach Hause zu nehmen?"

„So in etwa."

Das Bild, das sich einstellt, fällt sofort auseinander.

„Das ist unendlich brutal … und wirkt dann wieder fast behutsam …"

Jacob hätte das lieber nicht gesagt.

„Ich weiß."

Barth sucht nach eigenen Worten.

„Das macht es nur noch entsetzlicher."

Das braucht keine Zustimmung. Barth versucht es ermittlungstechnisch.

„Im Tunnel treiben sich manchmal Junkies rum. Geschützter Ort."

Geschützter Ort, wiederholt Jacob, ohne es auszusprechen.

„Vielleicht war es einer von ihnen. Jemand, der Raven stöhnen gehört hat. Der ihn erlösen wollte."

Nicht dieses Wort, denkt Jacob.

„Ist das eine schönere Vorstellung?"

Barth überlegt.

„Ich weiß es nicht. Tröstlicher vielleicht?"

Erlösen. Jacob betritt seinen eigenen Tunnel.

„Ich muss etwas schlafen."

Diesmal legt Jacob auf. Er hat bestimmt Fieber.

17

Das Fieber träumt Jacob nicht. Obwohl er sich im eigenen Bett liegen sieht. In seinem Traum schwitzt er jede Stunde einen Schlafanzug durch. Der Vater sitzt geduldig an seinem Bett und flößt ihm Wasser ein. Jacob nimmt sich vor, den Vater später zu fragen, warum er nie von der Mutter träumt. Der Vater muss das wissen, schließlich tritt er immer allein auf. Er hat sich die Stimme von Gert Westphal geliehen und liest dem Sohn nun den *Zauberberg* vor. Das passt ausgezeichnet zu Jacobs Verfassung und zu seiner Stimmung. Nur vergisst er gleich wieder alles ...

Das Fieberthermometer ist real. Als Jacob aufwacht, findet er es auf dem altmodischen Nachttisch, den er vom Vater übernommen hat. Der hatte dort seinen Rosenkranz abgelegt, um sich in den Schlaf zu beten, wenn er es brauchte. So ändern sich die Zeiten, denkt Jacob und sucht nach seiner Armbanduhr. Wo hat er sie wieder vergessen? Draußen ist es dunkel, aber Jacob verfügt nicht über das Gefühl für exakte Zeit.

Als er aus dem Bett steigt, muss er sich gleich wieder hinsetzen. Ihm ist schwindlig. Es kostet ihn alle Kraft, um sich den klammen Schlafanzug auszuziehen. Er verfängt sich in einem Ärmel. Kämpft sich heraus. Eine Naht reißt. Schließlich sitzt er nackt und schweißnass auf dem Bettrand.

„Keine Offenbarung", konstatiert er mit dem Blick auf sein Geschlecht, das er kaum zu sehen bekommt.

„Macht nichts", antwortet jemand aus dem Dunkeln.

Jacob schreckt hoch. Frau Haverkamp hat leise sein

Schlafzimmer betreten, um ihn nicht zu wecken. Sie kommt mit dem Bademantel auf ihn zu und grinst ihn freundlich an.

„Sie sind wohl vor nichts fies?"

„Heb al eens een naakte man gezien."

So schnell bringt sie nichts aus dem Gleichgewicht.

„Ein nackter Priester", möchte Jacob standesbewusst einwenden. Aber wenn Frau Haverkamp ins Niederländische wechselt, will sie ihn ärgern, vermutet Jacob schon lange. Also schaut er sie nur verlegen an. Leicht hat es der alte Haverkamp vermutlich nicht mit seiner Frau. Hat sie über die Grenze geschmuggelt, denkt Jacob. Stammt aus einem dieser Dörfer hinter dem *Waal*. Trotzdem nimmt er Frau Haverkamps Hilfe an und stützt sich auf sie. Er schämt sich, jedenfalls soweit es seine Kraft zulässt. Den kaputten Schlafanzug verschweigt er.

„Wie spät haben wir es?"

Frau Haverkamp zieht ihre Augenbrauen nach unten.

„Welchen Tag meinen Sie ..."

„Was soll das heißen?"

Die Glocken von St. Thomas fallen ihm ins Wort. Jacob zählt mit. Er kommt auf acht Schläge.

„Sie haben geschlafen. Ziemlich lange geschlafen. Den ganzen letzten Tag."

Frau Haverkamp schaut ihren Patienten streng an. Oder doch nur besorgt?

„Hätte Sie eigentlich ins Krankenhaus bringen sollen. Aber Sie haben darauf bestanden, liegen zu bleiben."

Ihr Kopf schüttelt Unverständnis.

„Waren nicht ganz bei Verstand, aber sehr entschieden. Da habe ich gedacht, wir lassen es erst mal so laufen."

Die hintergründige Ironie dieser Stimme kann Jacob

trösten, die Idee, nicht allein zu sein. Er denkt an Raven, der einsam sterben musste.

„War nicht leicht, sie dahin zu bringen, wo es nötig war."

Wieder Frau Haverkamps Augenbrauen. Sie sind Jacob noch nie aufgefallen. Ein buschiger Gedanke. Manchmal wundert sich Jacob über das, was ihm alles so einfällt.

„Hab meinen Mann geholt. Er hatte die Idee mit dem Rollstuhl. Von drüben."

Sie zeigt in Melchiors Richtung. Die Handbewegung verrät etwas, was sich Jacob zusammenreimen muss. Es hat mit dem alten Haverkamp zu tun.

„Ein Rollstuhl?"

Jacob meldet Protest an.

„We hadden je niet op een andere manier in het toilet kunnen krijgen."

Wieder dieses Kauderwelsch. Jacob erinnert sich blass. An Stimmen, an Bewegungen. Es müsste ihm peinlich sein, aber er fühlt sich nun endgültig zu schwach. Er will nur wieder ins Bett.

„Du meine Güte. Dann haben Sie und Ihr Mann hier Wache gehalten?"

„Mein Mann bleibt auf dem Hof."

Wieder gebraucht sie die linke Hand wie einen Wedel. Oder als asche sie einen ihrer Zigarillos ab. Frau Haverkamp raucht.

„Bin ins Gästezimmer gezogen."

Dann ist es also doch zu etwas nutze, denkt Jacob. Weitere Gedanken unterlässt er. Bevor er ins Bad schlurft, den abgetragenen Bademantel seines Vaters lose verknotet, schickt er Frau Haverkamp nach unten. Er erledigt allein, was es noch zu erledigen gibt. Bis auf die Toilette schafft er es. Dann vollzieht er die rituellen Waschungen. Das braucht

Zeit, auch wenn das Wasser entschieden zu kalt ist. Aber danach fühlt er sich besser. Sauberer. Er streift den frischen Pyjama über, den ihm Frau Haverkamp ins Bad gelegt hat, und überlegt kurz, ob er sich doch hätte duschen sollen. Zu spät. Schon das Zähneputzen geht bis an die Grenze seiner Kräfte. Immerhin dürfte er ordentlich abgenommen haben, denkt Jacob, als er in das verstoppelte Doppelkinn im Spiegel blickt. Vielleicht lässt er sich einen Bart stehen. Das wäre ein respektabler Vorsatz für das neue Jahr.

Das liefert ihm das Stichwort.

„Ich habe meine Predigt noch nicht fertig."

Frau Haverkamp steht wieder in der Tür. Sie teilt sein Entsetzen.

„Ist nicht Ihr Ernst!"

Aus dem Balken in ihrem Gesicht wird Jacob nicht schlau.

„Dan denk ik dat we de dienst moeten annuleren."

Den *Dienst. Annullieren.* Jacob schaut Frau Haverkamp verdutzt an. Aber sie regt sich nicht. Jacob kommt zu seinem eigenen Ergebnis. Es gibt Wahrheiten, die klingen auf Niederländisch besser.

„Schon gut. Sie haben alles veranlasst?"

„Gestern. Schild an der Kirchtür. *Pfarrer krank – keine Messe.*"

„Das haben Sie nicht geschrieben!"

Jacob ist nicht zimperlich, aber das geht ihm zu weit.

„War kein Drama."

„Was soll das heißen?"

„Ik heb een paar telefoontjes gepleegd."

Frau Haverkamp legt den Kopf zur Seite. Vielleicht fällt etwas raus, denkt Jacob, der weiß, wie es um ihn steht.

„Sie wissen doch, wir haben so unser System. Met vriendelijke groet van Moeder Coenen!"

Jacob hat die Reibekuchen zum Jahresausgang verschlafen. Inés fällt ihm ein, aber er wagt es nicht, Frau Haverkamp nach ihr zu fragen.

„Haben Sie an das Glockengeläut für diese Nacht gedacht?"

„Punkt Mitternacht geht es los."

Jacob ist erleichtert, dass er nicht predigen muss. Nicht nur wegen der Vorbereitung. Aber er möchte noch einmal in die Kirche.

„Meinen Sie, ich schaffe es nach unten? Ein kurzes Gebet im Chorraum?"

„Wenn Sie sich umbringen wollen. Ich weiß nicht, was Ihr Herr M dazu sagt. Schien etwas besorgt zu sein. Übrigens hat ein Kommissar Barth für Sie angerufen. Erwähnte *Ermittlungen*."

Onderzoeken. Das Wort hat ihm Frau Haverkamp erspart. Käme seinem Zustand bedrohlich nahe.

„Vielleicht ist es ja wirklich besser, wenn Sie noch einmal in die Kirche gehen."

Jacob mustert Frau Haverkamp. Ihn packt spontanes Mitleid mit ihrem ruhigen Mann. Der sieht nicht umsonst ständig etwas blass um die Nase aus, denkt Jacob, aber er möchte nicht undankbar sein. Also lächelt er in das schnurgerade Gesicht der Bäuerin. Sie trägt tatsächlich einen Dutt, fällt ihm zum ersten Mal auf. Sonst hat er das wohl einfach so hingenommen. Das straff gebundene Haar erinnert Jacob an seine Großmutter, an eine Schwarzweiß-Fotografie aus seiner Kindheit. Er legt sich endgültig wieder hin.

„Haben Sie noch etwas von Ihrer wunderbaren Hühnerbrühe? Ich glaube, ich könnte es mit ihr riskieren."

Die Haverkamp nickt. Eine solche Bitte stimmt sie gnädig.

„Und wenn Sie mir mein Handy reichen würden? Es muss auf dem Schreibtisch liegen. Ich glaube, ich sollte Melchiors Ungewissheit beenden und ein Lebenszeichen geben."

Dazu nickt Frau Haverkamp nicht. Sie pflegt eine eigene Beziehung zu Melchior, schon seit den Kindertagen der Freunde.

„Die ist zum Angst haben", hatte Melchior einmal gemeint. „Die könnte jemand mit ihren Augen im Dunkeln zu Tode erschrecken."

Aber Jacob schätzt Charlotte Haverkamp. Sie erfüllt auch die unangenehmeren Aufträge ihres Pfarrers und lässt ihn allein. Als sie zehn Minuten später mit der Suppe wiederkommt, hat sich Jacob in seinem Bett eingerichtet. Die Gelenke schmerzen immer noch, das Licht ist zu hell und der Schnee sowieso.

18

„Von den Toten auferstanden?"

Jacob muss sich anstrengen. Vielleicht hätte er auf den Anruf doch besser verzichtet. Nun muss er da durch.

„Das sollte Dir Hoffnung machen."

Er meint es milde. Eigentlich.

„Kommt auf die Gesellschaft an."

„Auf die musst Du heute Abend verzichten. Es sei denn, Du kommst rüber."

„Daran kann man sehen, dass für Euch Pfaffen Auferstehung nichts als eine zynische Beschwichtigung ist."

Jacob fühlt sich schon nach dem ersten Wortwechsel unendlich erschöpft.

„Exakt. Um zu verhindern, dass Du die unterdrückten Klassen vom PC aus befreist."

Das haucht er nur. Es folgt kein Konter. Jacob tut es gut, das letzte Wort zu haben. Er schnauft durch, aber nicht lange. Heute hält er das Schweigen des Freundes nicht aus.

„M?"

„Was willst Du?"

„Noch da?"

Melchior räuspert sich.

„Wo sollte ich sonst sein? Ich mache mir Sorgen. Geht es Dir wirklich besser?"

„Muss gehen", brummelt Jacob und lässt aus, was er nicht lügen will.

„Alles gut?"

Jacob hasst diese Phrase. Klingt nicht nach M.

„Alles ist ziemlich viel, was?"

„Du weißt, was ich meine. Also?"

„Bis ins nächste Jahr schaffe ich es schon noch."

„Brauchst Du etwas?"

Wenn Du wüsstest, denkt Jacob gleich schon wieder etwas kräftiger Richtung Westen, bevor ihn der nächste Hustenanfall schüttelt. Trotzdem berührt ihn die Sorge des Freundes. Der räuspert sich wieder.

„Barth hat sich bei mir gemeldet."

Jacob ist überrascht.

„Nachdem Du ausgefallen bist, wollte er von mir wissen, ob ich in letzter Zeit Kontakt zu Raven hatte. Er hat mich über unsere Schulzeit ausgenommen. Erwähnte einen Mann, der auf einer Fotoserie zu sehen ist."

Jacobs Aufmerksamkeit kehrt zurück.

„Du wirst es nicht glauben, aber es handelt sich um Beerendonk."

„Unser Beerendonk?"

„Jep."

„Mein Gott. Was hat der mit Raven zu tun?"

Das Präsens steht plötzlich zwischen ihnen, sie bemerken es beide.

„Die Frage ist vielmehr, warum Raven ihm nachgestellt hat."

Stimmt, denkt Jacob. Die Fotomappen hat er fast vergessen.

„Hat Barth eine Idee?"

„Er wartet auf Beerendonk. Der ist seit Weihnachten verreist. Seine Sekretärin vermutet, dass er Silvester in seinem Wochenendhaus in der Eifel verbringt. Das Handy schaltet er dort meistens aus. Barth hat eine Streife vorbeigeschickt, aber es war niemand da. Er muss bis zum 6. Januar warten. Beerendonk hat dann seinen nächsten Prozesstermin."

„Prozess?"

„Er ist Rechtsanwalt. Strafverteidiger."

Jacob kann sich den schüchternen Beerendonk nur schwer vor Gericht vorstellen, aber er hat ihn seit der Schulzeit auch nicht mehr gesehen. Damals machte er einen unsicheren Eindruck, ein undurchsichtiger Mitläufer. Jacob fällt die Schiene ein, die Beerendonk einige Jahre nach einem komplizierten Beinbruch tragen musste. Fast hätte man ihm das rechte Bein amputiert. Er tat allen leid, aber er selbst beschwerte sich nie.

„Weißt Du übrigens, mit wem unser Beerendonk verheiratet ist?"

„Woher soll ich das wissen? Ich kenne ihn eigentlich gar nicht mehr."

„Mit einer Nichte Deiner Frau Haverkamp."

Das sind zu viele Informationen auf einmal für Jacob. In seinem Kopf pocht es, trotz Aspirin. Übergangslos fällt Jacob ein, dass er noch kein Testament gemacht hat. Sollte er wohl.

„Eigenartiger Bursche, der Beerendonk. Konnte hinterhältig sein."

„Bitte?"

„Ein Schleicher."

„Was meinst Du?"

„Er hat damals die Kiste mit den Joints auffliegen lassen. Weißt Du nicht mehr?"

Jacob weiß wirklich nicht mehr. Melchior verfügt über eine bessere Erinnerung an die gemeinsame Schulzeit, vielleicht weil Jacob sie am Ende vergessen wollte.

„Beerendonk war nie mein Fall."

Jacob bemüht sich um Gerechtigkeit, um eine Fingerlänge Nachsicht, doch es gelingt ihm nicht, etwas Angenehmes mit Beerendonk zu verbinden.

„Meiner auch nicht."

Sie schweigen in ihre Gründe hinein. Melchior fasst sich als erster.

„Es gibt noch eine Neuigkeit. Corinne hat inzwischen auf Barths Mail geantwortet. Sie kommt nicht."

„Zu Ravens Beerdigung? Ist sie verhindert?"

Husten. Husten auf Husten, gelb, grün, die giftige Mischung eines weiteren Anfalls. In Jacob geht es wild zu.

„Das schreibt sie nicht. Barth hat mir die Mail vorgelesen. Ein paar Zeilen. Dass sie nicht zum Begräbnis anreisen wird. Dabei hat Barth nicht einmal erwähnt, wann Raven bestattet werden soll."

Das Begräbnis. So weit kann Jacob nicht denken. Er sieht die Geschwister vor sich. Er hat sie früher um ihre Nähe und Vertrautheit beneidet. Bei vielen Feten war Corinne dabei. Manchmal saß sie mit ihrem Bruder in der Ecke, sie teilten sich eine Flasche Bier und hielten sich in den Armen.

„Das ist so traurig. So elend."

Frau Haverkamp arbeitet unten in der Küche. Jacob nimmt einen dezenten Essensgeruch wahr. Sein Appetit kehrt zurück. Das beruhigt ihn nicht.

„Kann man wohl sagen. Scheint so, dass wir die Hinterbliebenen sind."

„Die sich jahrzehntelang nicht um ihn gekümmert haben."

„Machst Du Dir Vorwürfe?" Melchiors Frage braucht mehr als vier Worte. Sie schleicht heran. Umkreist etwas.

„Du nicht?"

„Ich weiß nicht. Irgendwie ja. Aber was hätten wir tun sollen? Nachdem er verschwunden war?"

„Suchen?"

„Haben wir das nicht?"

Melchior hat Recht. Aber das genügt nicht.

„Intensiver suchen? Länger suchen?"

„Lässt sich jetzt leicht sagen."

„Nein. Leicht lässt sich das bestimmt nicht sagen."

Jacob ist böse, mit sich selbst. Melchior beißt etwas weg, was auf der anderen Straßenseite ankommt.

„Tut mir leid, Melch. Ist gerade Dir gegenüber ungerecht."

Den Namen des Freundes nennt er selten. Steckt zu viel drin. Aus Melchiors Studio dringt nachdenklicher Jazz rüber. Jacob hat die CD oft gemeinsam mit M gehört. Eher an Sommerabenden. Miles Davis. *Kind of blue.* Wie kommt man nur auf die Idee zu diesem Einsatz, dieser ersten Tonfolge, die so einfach klingt und so viel verspricht?

„Kannst Du nicht doch rüberkommen, Jacob?"

„Würde ich gerne, aber ich bin zu schlapp."

Für Melchiors Rollstuhl ist der Schnee zu tief. Jeder der Freunde steckt auf seiner Seite fest. Jacobs Husten setzt einen eigenen Satz nach. Das kurze Telefonat war schon zu viel. Jacob ist froh, dass es in diesem Abschnitt seines Lebens kaum noch verpflichtende Termine gibt. Er kann liegen bleiben. Solange er will. Die ganze Welt soll ihn in Ruhe lassen. Aber Melchior ist ein hartnäckiger Freund.

„Dann prosten wir uns um zwölf Uhr zu."

„Wenn ich noch wach bin."

„Und vorher eine Runde *Dinner for one.* Ich habe nachgesehen. Dreiundzwanzig Uhr im Dritten."

„Ich weiß."

Aber das ist gelogen.

19

Der versprochene Sturm trifft mit Verspätung ein. Er tobt seit ein Uhr durch Dornbusch und spuckt neuen Schnee aus. Jacob beobachtet ihn von seinem Bett aus. Er kann nicht einschlafen. Im Hintergrund jagen einzelne Raketen in den Himmel, aber sie bewirken nichts. Das nächste Jahr hat trotzdem angefangen.

Irgendwann schläft Jacob doch ein. Einzelne Dämonen verirren sich an sein Bett. Flüstern in seine Träume, von denen nichts zurückbleibt. Nur ein durchgeschwitzter Pyjama.

Frau Haverkamp streift unten durch das Haus und schüttet den ersten Kaffee auf. Jacob kann ihn riechen. Er will ihn mit etwas Toast und dünner Butter probieren. Später. Einen Moment möchte er noch liegen blieben. Es geht ihm etwas besser, das Fieber ist zurückgegangen, doch er hat vermutlich weiter Temperatur. Dann packt es ihn wieder. Ein bitterer Husten schüttelt ihn ins neue Jahr. Das kann dauern, denkt Jacob. Dabei hat er keine Zeit.

Auf seinem Handy findet er einige SMS. Neujahrsgrüße, gut gemeint. Jacob lässt sie, wo sie sind. Irgendwann lösen sie sich in einem Raum auf, den Jacob nicht betritt. Am liebsten schlafen, aber der Husten schickt seine nächste Welle. Jacob richtet sich auf, atmet gegen den Dauerreiz an: tief ein, tief aus. Steht auf. Und wenn er schon steht, kann er auch die ersten Schritte im neuen Jahr riskieren. Er beschließt, sein Notebook aus der Bibliothek zu holen. Im Flur ist es eiskalt, er hätte besser den Schlafanzug gewechselt und seinen Bademantel angezogen, doch dazu war er zu matt. Er schleicht durch die Bibliothek, die Holzdielen verraten ihn.

„Sind Sie das, Herr Pfarrer?"

„Mein Gespenst", murmelt der Pfarrer, aber er will dankbarer sein. Noch ein Vorsatz. Und nicht mehr mit sich selbst reden.

„Ein frohes und gesegnetes neues Jahr, Frau Haverkamp!"

Jacob kann sogar salbungsvoll rufen, denkt er und nimmt sich den Laptop. „Ganz schön schwer." Das Murmeln sollte er wirklich aufgeben.

„Je staat toch niet op, hè?"

Charlotte Haverkamp steht hinter ihm. Jacob hat nicht gehört, wie sie die Bibliothek betrat.

„Je staat toch niet op, hè?"

Das zweite Mal klingt nicht besser. Jacob schaut an sich herunter. Soll er es mit formaler Logik riskieren? Oder mit Luther? *Hier stehe ich* und so weiter? Das Fieber verwirrt sich in ihm. Sein Körper fühlt sich wie beschlagen an, so eng liegt der kaum angetrocknete Pyjama an. Taucherhaut, denkt Jacob, und meint etwas muffig Feuchtes zu riechen. Vor allem ist ihm wieder kalt. Kälter.

„Ich lege mich sofort wieder hin."

Auf eine kindliche Weise gefällt es Jacob, umsorgt zu werden. Liegt an dieser pfäffischen Existenz, würde M sagen. Jacob kennt jedes seiner Argumente. Dafür riecht der Kaffee, den Frau Haverkamp mitgebracht hat, wirklich nach Kaffee. Sie begleitet ihn in sein Schlafzimmer und hilft dem Herrn Pfarrer, sich in seinem Bett einzurichten.

„Ich bin gleich wieder da. Laufen Sie nicht wieder weg."

Das muss Jacob nicht kommentieren. Sein Interesse gilt dem Kaffee. Aber bevor er ihn trinkt, muss Jacob noch etwas überprüfen. Er loggt sich in seinen Computer ein und klickt sich ins Internet. *Corinne Richards, New Zealand* führt erstaunlich schnell zu einem Ergebnis. Jacob checkt es in *Google Bilder* und sieht Raven, älter, weiblicher, dennoch vertraut. Seine Schwester arbeitet als Tierärztin in *Christchurch*. Sie besitzt eine eigene Praxis, vielleicht kann sie deshalb nicht kommen, denkt Jacob. Er kopiert die Mailadresse der Praxis und setzt den Namen eines toten Freundes in den Betreff.

Hallo Corinne,

dieser Neujahrsgruß fällt mir nicht leicht. Ich weiß nicht, ob Du Dich an mich erinnerst. Dein Bruder und ich waren in einer Klasse auf dem Cajetan-Gymnasium, und wir beide sind uns auch gelegentlich begegnet. Du warst ein paar Mal mit Raven bei mir zu Hause, in Dornbusch, wo ich seit einem Jahr wieder lebe. Ich verbringe hier meinen Ruhestand als Pfarrer. Und damit komme ich zum Punkt.

Kommissar Barth hat mit Dir Kontakt aufgenommen. Du ahnst also, warum ich schreibe. Raven hat mich in seinem Testament als Nachlassverwalter eingesetzt. Dazu gehört seine Bitte, ihn in Dornbusch beizusetzen.

Sein Eigentum möchte ich gerne an Deine Adresse senden. Viel scheint es nicht zu sein. Aber ich habe noch keinen Überblick, auch weil sein Tod erst untersucht werden muss. Das kann dauern.

Trotzdem wird das Begräbnis sicher in nächster Zeit stattfinden. Du hast Kommissar Barth geschrieben, dass Du nicht kommen wirst. Darf ich offen sein? Das klingt hart. Du wirst Deine Gründe haben. Ich wüsste gerne etwas darüber. Nicht aus Neugier, sondern um besser zu verstehen, was mit Raven war.

Er ist nach dem Abitur einfach verschwunden. Ich habe

das nie verstanden und verstehe nun noch weniger, dass er sich im Tod an mich wendet. Das alles trifft mich mehr, als ich sagen kann. Als Raven fortging, hat er ein Loch in der Welt hinterlassen. Ein schwarzes Loch. Es gab ihn einfach nicht mehr. Und jetzt soll ich ihn begraben.

Ich stehe ratlos vor der Tatsache, dass er die letzten Jahre in Markandern gelebt hat, ohne sich zu melden. Ich bin verstört, wenn ich an die Einsamkeit denke, in der er scheinbar gelebt hat. Ich bin entsetzt, wie er ums Leben kam. Ich fasse das alles nicht und muss dafür Worte finden. Es fühlt sich an, als habe Raven mir ein Versprechen abgenommen, das ich ihm nicht geben konnte.

Ich will die Details nicht wiederholen, die Du von Kommissar Barth erfahren haben wirst. Aber der Mord an Raven, und das war es wohl, erschüttert mich in meiner ganzen Existenz.

Kannst Du mir etwas über Ravens Leben berichten? Und sei es nur, damit ich ihm mit dem, was ich bei seinem Begräbnis sagen soll, gerecht werde?

Ich ahne, dass ich Dir damit etwas zumute. Aber vielleicht kann dies ein Weg auch für Dich sein, Abschied von Deinem Bruder zu nehmen?

Es grüßt Dich aus einer fernen Vergangenheit
Jacob Beerwein

20

Die Kanne Kaffee steht neben dem Laptop. Drei Tassen hat Jacob getrunken. Seit einer Stunde schielt er auf den Maileingang. In *Christchurch* ist es bereits einundzwanzig Uhr fünf. Sinnlos, denkt Jacob. Sinnlos ins Leere zu warten. Er klappt das Notebook zu und stellt es auf den Boden. Seine Unruhe lässt sich nicht abschalten.

Frau Haverkamps Mann hat einen Fernseher im Schlafzimmer installiert, ein Gerät, das er nicht kennt. Ein altmodischer Kasten, aber er funktioniert. Jacob ist froh für die Abwechslung. Er will nicht lesen. Er hat keine Lust. Vielleicht kann er beim Fernsehen wegdösen. Er sucht nach einem Kanal mit historischen Sendungen. Die soll es reichlich geben, behauptet Melchior. Nach einigen Versuchen stößt Jacob auf eine Dokumentation über die Kongo-Kriege.

Ausgerechnet Kongo, denkt Jacob. Dann das Gespenst. Kann nicht sein. Gespenster lächeln nicht. Fetzen eines Gesprächs. Traurige Aussagesätze. Wenig Stimme. Eine Passage, kaum mehr, eine Blende, schließlich eine Jahreszahl mit Balken. Gibt es nicht. So viel Zufall.

Jacob wischt einen Gedanken aus seinem Gesicht. Nur der Fernseher schaut zurück. So etwas ist ihm schon häufiger passiert. Er denkt an jemand, und der meldet sich einige Tage später. Jacob glaubt nicht an Statistik, aber noch weniger an eine, aus der sich etwas Anderes als Zahlen ergibt.

Jacob steht auf, holt sich seinen Laptop und nimmt ihn ins Bett. Schwer drückt er sich in die Laken, in denen sich Jacob verkriecht. Dann geht er ins Netz. Er gibt Nazaires

Namen ein. Er muss nicht lange suchen, um ihn zu finden. Auch nachdem er den Orden verließ, hat er seinen dominikanischen Namen behalten. Die Zahnlücke, denkt Jacob, als er auf eine unscharfe Fotografie stößt und auf Daten, die ohne Farben und Hoffnung auskommen. *Mein Gott*, möchte er sagen. Aber das Hauptwort gibt nach.

21

Nazaire Mavuba kam im letzten Schuljahr. Jacob hatte in seinem Leben noch nicht viele Afrikaner getroffen, schon gar keinen schwarzen Dominikaner. Pater Elias führte ihn am ersten Schultag ein, am Rande des Eröffnungsgottesdienstes. Die Sextaner kicherten verlegen, aber aus der letzten Reihe brachten die Blicke der Lehrer auch die einschlägigen Witzbolde zur Raison. Eine kontrollierte Ruhe tastete sich durch die Stuhlreihen nach vorne, machte sich an einigen Hundert Schülernacken fest, während Nazaire am Ambo stand, die Arme gelassen hinter dem Rücken verschränkt. Er ließ der Neugier Zeit. Schließlich machte er einen Schritt zur Seite, bewegte sich nach vorne, an den Rand der Bühne, auf der nicht nur Schulmessen zelebriert wurden. Irgendwie tänzelnd, dachte Jacob. Und dass der Habit wie geliehen aussieht.

Dann sagte Nazaire etwas, das Jacob nicht verstand. Es klang wie ein „Na?", auffordernd, bereitwillig. Nazaire lächelte seine ersten Worte, und sein Lächeln machte die Runde, es füllte den Raum, nahm Gesicht um Gesicht ein. Auf einmal wurde es unruhig, beinahe laut in der Aula. Einige Schüler riefen etwas. Bis Nazaire einen weiteren Schritt nach vorne trat, eine Hand hob und mit dem Zeigefinger etwas in die Luft schrieb, vielleicht seinen Namen.

Jacob erinnert sich. Wieso erinnert er sich so genau? Er schließt die Augen, wartet auf Nazaires tiefe, geschmeidige Stimme, die immer klang, als würde sie erzählen.

„Guten Morgen, Jungs!"

Das *Jungs* schob er nach, eine Anrede wie aus einem Song, den Melchior später erwähnte.

„Wie Pater Rektor bereits erwähnt hat: Mein Name ist Bruder Nazaire."

Er schob den Kopf etwas nach vorne, wieder zurück, halb musternd, halb herausfordernd, und fügte dann an:

„Ich komme aus Bolobo."

Jacob merkte sich die fremde Vokabel. *Bolobo*. Machte sich auf die Suche nach einem Wort, das in seiner Sprache nach *Bolobo* klang. Nach dem, was das Wort versprach. Bruder Nazaire unterbrach ihn.

„Wisst Ihr, wo das liegt? Schaut im Atlas nach. Mitte der Welt, etwas nach links."

Er grinste. Aber er atmete auch etwas aus, das er vielleicht für diesen Augenblick aufbewahrt hatte.

„Der Kongo macht sich hier ganz eng. Kleine grüne Inseln führen von einem Ufer zum anderen. Man möchte übers Wasser gehen."

Nazaire ließ Zeit für Phantasien. Er wechselte sie mit Ernst. Neben Jacob wurde M unruhig. Er raunte etwas herüber, aber für Melchiors Ironie hatte Jacob jetzt keinen Sinn.

„Wer mehr von meinem Land wissen will, kommt einfach zu mir. Ich darf in den nächsten beiden Jahren das Internat betreuen. Ich stehe Euch in den Schulpausen und wann immer Ihr wollt zur Verfügung. Ich möchte Zeit für Euch haben. Und ein offenes Ohr."

Jetzt setzte er beide Hände ein, aus den Hüften ergab sich eine gleichmäßige Bewegung.

„Übrigens. Für die unter Euch, die gerne Fußball spielen: Auf dem Platz bin ich einfach Nazaire."

Er lächelte die Stuhlreihen entlang. Bruder Nazaire

schien jeden zu sehen: ein Augenkontakt, der sich für Jacob anfühlte, als habe er etwas gewonnen.

„Und für alle anderen auch."

Jacob sieht den jungen Jacob, der auf seinem Stuhl hin und her rutscht. Er denkt an die unbestimmte Sehnsucht, die Nazaire in ihm auslöste. An die Möglichkeit von … Er weiß es nicht genau, auch ein Leben später nicht. Vielleicht Leidenschaft? *Bolobo* …

Typisch Jacob Beerwein, nimmt er sich das Wort aus dem Mund. Und streicht sich über den Bauch, der über alles gewachsen ist. Dick kann er sich Nazaire bis heute nicht vorstellen. Jacob erinnert sich an Details. An die Goldkette, die Nazaire am linken Handgelenk trug. An seine Haare, die wie ein Protest wirkten. *Afrolook* – haben sie das wirklich einmal gesagt? Dann hört er wieder dieses anarchische Lachen, das Nazaire bei jeder Gelegenheit ausstieß. Bis es ihm vergehen sollte, denkt Jacob, ein Priesterleben später.

Damals schaute er in die Richtung von Pater Elias. Die Wangen des Rektors bewegten sich in unterschiedliche Richtungen, aber auch er schmunzelte. Noch einmal schaute Nazaire in die Runde, als suchte er den Blick jedes Einzelnen. Dann nickte er, wie zur Bestätigung eines Vertrages.

„Kommt einfach zu mir, wenn Ihr was braucht."

Was, zum Teufel, hätte Jacob gebraucht? Seine schöne Mutter, die so wenig zu ihrem massiven Sohn passte, war seit acht Jahren tot. Jacobs kritischer Geist entdeckte einen verwandten Gedanken auf Ms Gesicht. Glaubte er zumindest. Es gab ein Räuspern aus der letzten Reihe, wie eine behutsame Warnung. Aber selbst heute, ernüchtert von allem, was folgen sollte, wirkt nichts an diesem ersten Auftritt inszeniert. Jacob fühlte sich ganz persönlich von Nazaire angesprochen. Was Unsinn war. Was er wusste. Und trotzdem hatte er das Gefühl, dieser Bruder Nazaire habe ihn direkt angesehen.

„Ich freue mich auf die Zeit mit Euch!"

Niemand lachte, kein Kichern der Kleinen mehr, keine dumme Bemerkung der älteren. Der Schulgong rettete eine Situation, die man nicht retten musste.

Neben Jacob grinste M.

„Große Medizin, was?"

Aber Jacob gab dem Rollstuhl des Freundes nur einen heftigen Schubs.

22

Der erste Eindruck verging nicht. Am leichtesten ließ sich das bei den Lehrern beobachten. Selbst Doktor G., der sich seine Zigaretten mit einer Hand drehte, verdrückte in den Raucherpausen jede spöttische Bemerkung. Auf dem Schulhof bildeten sich Trauben um Nazaire. Die Sextaner tollten mit ihm herum, die Älteren suchten seine Nähe diskreter. Trotzdem duzte ihn niemand. Das kam erst später.

Jacob war nicht der Mensch, sich so einfach begeistern zu lassen. Er scheute die Risiken der Enttäuschung. M war der Idealfall. Der konnte ihm nicht entkommen. Die beiden Freunde verband etwas, das jeder für sich wie Schuld empfand. Umso verwirrender erschien Jacob dieser Dominikaner. Der musste die fremde Sprache nicht erst lernen, er beherrschte sie nahezu perfekt. Zwei deutsche Mitbrüder hatten in seiner Kommunität in Kinshasa gelebt, erzählte er später. Der ältere lehrte Dogmatik an der Universität. Er hatte Nazaire auf seine Zeit in Deutschland vorbereitet.

Nazaire war nach dem Lycée gleich ins Noviziat der Dominikaner gegangen. Mit vierundzwanzig Jahren schloss er sein Theologiestudium ab. Nach dem Willen seiner Oberen sollte er in den kommenden Jahren in der Kommunität des *Cajetan* leben und sich auf seine Promotion vorbereiten. Danach würde er zum Priester geweiht und nach Zaire als Theologiedozent zurückkehren. Nazaire war gerade einmal sechs Jahre älter als die meisten Oberprimaner, aber sein Weg war schon klar vorgezeichnet.

Auf Jacob übte dieser Lebenslauf eine Anziehungskraft aus, die ihn zugleich beunruhigte. Diese Klarheit. Diese Entschiedenheit. Nazaires Gelassenheit. Jacob hatte vor längerer Zeit einmal mit Pater Elias darüber gesprochen, dass er sich vorstellen könne, Theologie zu studieren. Am Rande eines Wüstentages, wie die Dominikaner das nannten.

„Mit welchem Ziel?", hatte der Rektor ihn vorsichtig gefragt, ohne jede Erwartung, ohne etwas zu fordern.

„Mal sehen. Ich habe ja Zeit."

Jacob ließ sich nie so leicht aus der Deckung locken. Aber Pater Elias hatte verstanden. Etwas, was Jacob nicht in Worte fassen konnte, aber in Nazaire wiederfand.

Und jetzt diskutierte dieser junge, anziehende Dominikaner mit Jacobs Religionskurs über Marx. Nazaire sollte zunächst in verschiedenen Klassen und Jahrgangsstufen hospitieren, um nach einigen Wochen eigene Stunden zu geben. Versuchsweise. In Begleitung des Fachlehrers. Da dies in der Oberprima Pater Elias war und der Rektor nicht nur viele andere Aufgaben hatte, sondern auch ein umsichtiger Pädagoge war, ließ er Nazaire bald allein unterrichten.

„Ist nicht ganz legal, was?", flüsterte M dem Freund in der zweiten Stunde zu.

„Wie das Zeug, das Du rauchst."

„Passt doch irgendwie."

„He?"

„Opium des Volkes und so."

Jacob wollte etwas entgegnen, aber Nazaire stand unversehens vor den beiden Freunden. Wenn er anderen zuhörte, strich er manchmal über sein rechtes Ohrläppchen. Es war tief eingekerbt, wie von einem scharfen Schnitt. Jacob war das sofort aufgefallen, und er konnte den Blick nicht davon lassen, als müsse er sich vergewissern. Des Stücks, das fehlte. Und nach dem Nazaire auch jetzt zu greifen schien.

„Irgendwelche Einwände?"

Jacob lief rot an, während sich M in seinen Rollstuhl zurückzog. Der war eine echte Waffe in solchen Momenten, dachte Jacob. Er versuchte sich zu sammeln.

„Einwände wogegen?"

„Gegen die phantastische Verwirklichung des menschlichen Wesens?"

Jacob suchte nach der Textstelle, ohne etwas zu finden. Aber er hatte so wenig einzuwenden wie die anderen. Für alle im Kurs ging von Nazaire eine Faszination aus, die sich schwer fassen ließ. Er war unverkrampft locker, aber das allein war es nicht. Er verstand es, sie in Auseinandersetzungen zu verwickeln. Er legte ihnen Texte vor, die sie eigentlich überforderten. Trotzdem trafen sich einige, um neben dem Unterricht Ernst Blochs *Atheismus im Christentum* zu lesen. Jacob verstand vieles nicht, er war langsamer im Denken. Vielleicht auch bloß gründlicher, überlegte er sich Jahre später, als er das Buch noch einmal aufschlug. Diese Faszination war jedenfalls vergangen. Aber damals investierten Melchior und er ihr Taschengeld, das sie mit Nachhilfestunden aufbesserten (M in Mathe, Jacob in Latein), für die rororo-Bände, die ihnen Nazaire empfohlen hatte. Camus, Sartre. Erst die Romane, dann die Stücke. Den *Mythos des Sisyphos* nicht zu vergessen. Irgendwo in seinen Bücherwänden dämmert er zerlesen vor sich hin.

Im Winter fingen die Ersten an, sich schwarze Jeans und Rollkragenpullover zu kaufen, während sich die Welt um sie herum palominobunt färbte. Eng anliegende Mode war nichts für Jacob. M überredete ihn stattdessen dazu, auf eigene Faust Französisch zu lernen. Neben dem übrigen Pensum.

Zu diesem Zeitpunkt hatte Nazaire bereits etwas verwandelt. Jacob bemerkte es, und es war ihm unheimlich. Aber man musste Nazaire einfach mögen. Sein ansteckendes Lachen, seinen Charme, die unaufdringliche Intellektualität, die seinem Auftreten zugrunde lag. Die jungen *Cajetaner* verehrten ihn, mit den älteren saß er oft bis tief in den Abend zusammen, um über Klassenkampf, Kolonialisierung und den Imperialismus des Westens zu debattieren. Zu Weihnachten schenkte Nazaire den *Conspirateurs*, die sich jeden Freitagabend im Oberstufenkeller des *Cajetan* trafen, Batailles *Histoire de l'oeil* mit der Auflage, ihn nicht zu verraten.

M hatte seinen Spaß. Er war der radikalste von allen. Auf Kanälen, von denen Jacob nichts erfuhr, hatte er sich einige Ausgaben von *Agit 883* besorgt. M träumte wichtige Träume. Seine Entschiedenheit nahm zu, je näher das Abitur rückte. Er *musste* nach Berlin. Er *musste* etwas tun. *Eingreifen.* Trotzdem ließ er sich von Nazaires nachdenklichen Fragen beeindrucken. Gewalt? Nazaire kannte eigene Geschichten, und er erzählte sie, leise, gegen einen inneren Widerstand aus Bildern, die hinter seinen Stirnfalten aufzuziehen schienen. Nicht nur in solchen Momenten verfügte er über einen besonderen Ton. Er nahm selbst die Zweifler unter den Schülern durch seine ruhige, konzentrierte Art für sich ein. Außerdem verstand er etwas von Fußball.

23

Jacob schließt seine Augen, wie man eine Faust ballt. Im Hintergrund taucht Raven auf: ein kurzes Aufflackern, bevor ein Film aus der Spule springt, wie ihn Jacobs Vater mit seiner Normal-8-Kamera in den wenigen Urlauben mit der Mutter gedreht hat. Jacob wüsste gerne mehr über Raven, doch er scheint sich immer nur auf der nächsten Bildsequenz aufzuhalten. Wie soll man sich erinnern, wenn es nichts mehr gibt, was sich erinnern ließe? Jacob Beerwein denkt an Kasper Bareisl und dass er nicht nur gegen das Vergessen anschreibt. Er *glaubt* ans Erinnern.

Jacob versucht, sich Ravens Jahre nach dem Abitur vorzustellen, seine Biografie rückwärts zu denken, von den Fotografien her, die sein Vermächtnis bilden. Aber auch daraus ergibt sich nichts. Die Spuren, die Raven hinterlassen hat, führen zu nichts als seinem Tod. Ein Mensch verschwindet direkt neben Jacob. In diesem Moment.

Oder liegt das an ihm selbst? Der Einfall klammert sich in Jacobs Brustgegend fest. Sein eigener Kopf macht aus allem *nichts*. Jacob schüttelt sich. Schnee, draußen, drinnen …

Eine Träne tritt ihren langen Weg an, und als Jacob sie bemerkt, entdeckt er auch Raven wie in einem Zoom aus einem der französischen Filme, für die Nazaire einen Club in einer Studentenkneipe in Düsseldorf ausfindig gemacht hatte. Jacob sieht Raven im Milchglasabstand eines Lebens die Treppe runterschlendern, die in den Untergrund des *Cajetan* führt: eine Zigarette in der einen Hand, eine Flasche Bier in der anderen. Sie lebten damals in einer eigenen Zeit, um einen Kontinent von dem entfernt, was niemand verschont.

Jacob denkt gerne an den Raven dieses letzten Jahres. An die Art, wie er lachte, wie er trank, wie er spielte. Wie er aussah: schwerelos. Nie war Raven besser als in dieser Saison. Zwei Jahre vorher hatte er bei einem Testspiel gegen die A-Jugend *Borussias* gezaubert, da war er kaum siebzehn. *Der Trainer* hatte ihm zugesehen und spontan zu einem Probetraining eingeladen. Bei den Profis. *Der Trainer* war zweimal hintereinander deutscher Meister geworden. Er hatte keinen anderen Namen. Und es gab keinen anderen Verein. Wann immer es ging, pilgerten Jacob und M ins viel zu enge Stadion. Wegen Melchiors Rollstuhl durften sie in den Innenraum. So nahe dran wie nur möglich. An Raven.

Es galt als ausgemacht, dass er einen Vertrag bekommen würde. Er trainierte regelmäßig mit den Profis, mit Nationalspielern, die man aus dem Fernsehen kannte. Auch wenn M durch seine Weltrevolution irrlichterte und der schwerfällige Jacob bereits an sein Studium dachte: Im Stadion verwandelten sie sich in Kinder, die sich die Stimmbänder wund schrien. Anfangs saß Raven nur auf der Ersatzbank, aber das allein war schon überwältigend.

Jacob inhaliert das zigarettenlange Stück Glück, das ihm in der Erinnerung haften bleibt: die nervöse Anspannung, sobald sich Raven warm machte; die Enttäuschung, wenn ihn der Trainer überging; dann endlich, am 28. Spieltag, das vergisst Jacob nie, die unfassbare Wahrheit seiner ersten Einwechslung und die faserige Angst um den Freund, als er so gefoult wurde, dass es bei diesem Einsatz blieb. Die Saison ging ohne Raven zu Ende.

Dann kam Nazaire, zu Beginn der folgenden Saison. Das Foto im Netz nimmt immer mehr Ähnlichkeit mit ihm an. Jacob fahndet weiter, tastet sich mit Clicks voran, aber er findet nicht, was er sucht. Oder er ist einfach zu erschöpft.

24

Der Tag verläuft schleppend langsam. Lediglich der Sturm bietet Abwechslung. Er schlägt Schindeln vom Dach, die beinahe unbeschadet im Schnee landen. Sorgen macht Jacob die Brüstung des Kirchturms. Sie hätte längst ausgebessert werden müssen, aber das Bistum stellt keine Gelder mehr zur Verfügung. Schließlich wird der gesamte Komplex zeitnah abgerissen. Jacob hat die Stimme des Finanzmenschen noch im Ohr.

Zu Mittag serviert Frau Haverkamp ein Stück Putenbrust auf Toast. Mageres Fleisch. Jacob schafft fast die Hälfte und schläft bald wieder ein. Als er aufwacht, hat er das Neujahrsspringen verpasst, das zu seinen Routinen gehört. Widerstandsloses Fliegen mit der Eleganz einer Telemark-Landung ... Um neunzehn Uhr schaut er sich die Nachrichten des Tages an. Es gibt Bilder von Silvesterfeiern rund um den Globus. Neuseeland ist nicht dabei. Corinne könnte gerade aufstehen. Jacob zögert einen Moment, dann loggt er sich in seinen Mailacount ein. Er hat nichts Anderes zu tun.

Corinne hat bereits vor einer Stunde geantwortet. Er klickt ihre Mail an, während er seine Lesebrille aufsetzt. Die Zeilen nehmen schärfere Konturen an.

Hallo Jacob Beerwein,

Danke für Ihre Nachricht. Der Kommissar hat mich über alles ins Bild gesetzt. Die Sachen meines Bruders brauche ich nicht. Sie können damit tun, was Sie wollen.

Sie fragen nach der Vergangenheit. Mein Bruder hat sie gekündigt, als er aus meinem Leben verschwand. Vor 47

Jahren hat er beschlossen, was auch immer er beschlossen haben mag. Davon weiß ich nichts. Davon will ich nichts mehr wissen. Er hat ohne mich gelebt, er ist ohne mich gestorben. Ich respektiere das. Daher komme ich weder zu seinem Begräbnis, noch antworte ich jemals wieder auf eine Mail in der Sache.

Sie suchen nach Gründen? Mich interessieren sie schon lange nicht mehr.

Corinne Richards

Jacob legt seine Brille zur Seite. Er atmet tief durch, dann kommt der Husten. Er wird lockerer, denkt Jacob, und schmeckt eitrigen Schleim auf der Zunge. Er nimmt ein Taschentuch und untersucht, was sich in ihm zusammenbraut.

„Grün. Nicht gut."

Aber Jacob Beerwein ist kein Mediziner, also wirft er weg, was nicht zu ihm gehört. Stattdessen fliegt er noch einmal über die Mail, aber auch sie wird nicht freundlicher.

„Nicht gut …", murmelt Jacob noch einmal vor sich hin, als sollte er sich das merken. Dann ruft er Melchior an.

„Frohes neues Jahr, alter Mann! Was macht die Seuche?"

„Ja, Dir auch."

Atem holen. Wie man nach etwas gräbt. Jacob tut sich schwer mit der Luft. Hört sich an, denkt er, als müsse ich sie ansaugen.

„Hör zu. Corinne hat gemailt. Ich habe ihr gestern geschrieben."

Und Jacob liest vor. Zweimal, weil Melchior ihn darum bittet. Der Hals kratzt, jedes Wort.

„Kalte Frau!", meint Melchior mit Ausrufezeichen.

„Verletzte Frau?", fragt Jacob.

„Beides."

Bevor Jacob etwas anschließen kann, klingelt es bei Melchior.

„Entschuldige, ich muss auflegen. Ich erwarte Besuch. Ich melde mich später."

Jacob brummt etwas. Er wundert sich. Melchior bekommt nie Besuch. Oder doch fast nie. Und nun gleich zweimal hintereinander. Und um diese Zeit. Jacob steht auf, um nachzusehen, doch die Haustür gegenüber hat sich bereits geschlossen. Der Schnee verrät, dass jemand aus der Richtung vom Willebrand gekommen ist. Aber was heißt das schon. Und was geht es Jacob an. Er schämt sich für seine Neugier. Gleichzeitig ist er ärgerlich.

Das neue Jahr fängt gut an, denkt er und stellt sein Handy lautlos. Er packt sich wieder in seine Decken ein und greift nach den Schlaftabletten, die er vor Frau Haverkamp versteckt hat. Ihm ist egal, ob sie ihm jetzt gut tun oder schaden. Er will einfach den Rest des angebrochenen Jahres verschlafen.

25

Das gelingt Jacob weitgehend gut. Frau Haverkamp scheint irgendwann in sein Schlafzimmer gekommen zu sein, aber er hat nichts bemerkt. Nur das mattwarme Licht seiner Nachttischlampe brennt noch, sonst hat Frau Haverkamp alles abgedunkelt. Erst das Morgenläuten reißt Jacob aus seinem Schlaf. Er hat etwas geträumt, da ist er ganz sicher, doch er erreicht den Traum nicht mehr. Er hinterlässt nur den unbestimmten Eindruck von Wärme und Meer, aber wie das zusammenhängt, ist Jacob unklar. Ferien, denkt er, ich brauche Ferien, und ihm fällt ein, dass das lächerlich klingt, schließlich befindet er sich im Ruhestand. Und zwar dort, wo er immer seine Ferien verbracht hat. Er fühlt sich an die Stirn. Immer noch Fieber. Kein Wunder.

Frau Haverkamp klopft leise an die Tür.

„Guten Morgen!"

Jacob bemüht sich, fröhlich zu klingen.

„Sie sind ja immer noch da. Ich habe ein fürchterlich schlechtes Gewissen."

„Zurecht. Aber ich kann Sie ja schlecht eingehen lassen."

Sie stellt eine Rechnung auf, mit schiefem Kopf.

„Wie weet of we ooit nog een pastoor krijgen?"

Sicher kriegt ihr keinen Pastor mehr, denkt Jacob. Das steht fest. Aber das führt jetzt zu nichts. Außerdem ist das einer dieser Momente, da möchte Jacob die Frau Haverkamp in den Arm nehmen. Mit etwas Abstand. Natürlich erscheint ihm das unvernünftig. Beides. Also folgt Jacob lieber einem anderen Impuls. Frau Haverkamp trägt ein Tablett. Es wäre schade um den Kaffee.

„Setzen Sie sich dazu? Trinken Sie einen Kaffee mit mir?"

Frau Haverkamp wirkt erstaunt, aber nicht unangenehm berührt. Wo sie doch die letzten Nächte nebenan geschlafen hat, denkt Jacob. Ihm fällt ein, was das wohl für ein Gerede nach sich ziehen wird. Aber vielleicht hat es ja auch niemand mitbekommen? In diesem Sturm. Seine Haushälterin zerbricht sich darüber kaum den Kopf, versucht sich Jacob zu entlasten. Sie hat in der Zwischenzeit Kanne und Tasse auf dem Beistelltisch aufgebaut, wo Jacob sonst seine Lektüre stapelt, und ist wortlos verschwunden. Nach wenigen Minuten kommt sie mit frisch aufgebackenen Brötchen und einer Frühstücksplatte zurück, inklusive eines zweiten Tellers und einer zweiten Tasse. Jacobs Skrupel lösen sich auf.

„Habe Ihnen eine Zeitung besorgt. Ist von gestern. Aber so können Sie den verlorenen Tag aufholen."

Jacob weiß nicht, ob er das möchte. Trotzdem legt ihm Frau Haverkamp ein Exemplar aufs Bett. Ordentlich gefaltet. So ist sie. Muss dafür eigens in die Stadt gefahren sein. Jacob beobachtet sie, während sie den Kaffee einschenkt, gleichmäßig schwarz.

„Wie geht es Ihnen?"

„Das sollte ich Sie fragen. Sie stehen rund um die Uhr für mich parat. Lebt Ihr Mann eigentlich noch?"

„Der kommt allein klar. Hat ja einen Stall von Viechern. Die muss er versorgen. Das ist genug Unterhaltung für ihn."

Jacob geht darauf nicht ein. Er weiß nicht, was im Gesicht der Bäuerin nachklingt. Er hat sich daran gewöhnt, dass sie undurchschaubar wirken will. Er stellt sie sich jünger vor, ohne ihren Dutt, verzichtet aber gleich wieder darauf.

„Ich glaube, ich habe immer noch Temperatur."

Unaufgefordert fasst Frau Haverkamp nach seiner Stirn, dann nimmt sie Jacobs rechte Hand und misst den Puls. Ihr dezentes Parfum riecht nicht nach alter Frau.

„Kann sein, dass Sie überleben. Aber das stellt sich noch nicht heute heraus."

Ob sie deswegen seine Hand hält? Er spürt Schwielen. Ein raues Leben, das sie führt.

„Hat sie heftig erwischt. Darf man nicht mit spaßen."

Jacob denkt an grünen Auswurf. Frau Haverkamp zählt etwas ab. Ihre Lippen zittern, leicht. Leicht ist sonst nichts bei ihr, denkt Jacob. Aber das kann an seinem Zustand liegen.

„Ihre innere Uhr tickt ganz schön. Ziemliches Tempo."

Jacob muss an Chopin denken, an eine Etude, die sich in ihm abspielt. Sie findet wie auf einem zu schnellen Klavier statt.

„Sie haben immer noch Fieber."

Bei Frau Haverkamp klingt das wie ein Schuldspruch, jedenfalls für Jacob Beerwein. Kein Zweifel, etwas stimmt nicht. Jacob hat das Gefühl, in seinem Bett auszurutschen.

„Overtuig jezelf."

Die Haverkamp reicht ihm das Fieberthermometer. Jacob würde sie gerne fragen, wie er das Instrument einsetzen soll.

„Deutlich zu hoch, um aufzustehen."

Jacob riskiert keinen Widerspruch. Er weiß, dass Frau Haverkamp Recht hat. Sie trinkt ihren Kaffee, während Jacob auf eine febrile Wahrheit wartet. Als es dreimal surrt, betrachtet er das digitale Ergebnis nachdenklich. Das System, das ihn am Leben hält, weiß etwas, was Jacob nicht weiß.

„Also noch ein Tag Bettruhe."

„Een dag?"

Jacob hat schon oft überlegt, welcher Algorithmus in dieser Frau entscheidet, wann sie mit ihm Niederländisch spricht. Sie schenkt ihm Kaffee nach.

„Vielleicht macht der sie klarer."

Jacob schluckt braune Flüssigkeit und etwas Anderes, was sich in seinem gebrauchten Körper verläuft.

„Ich weiß nicht, ob ich das will. Haben Sie etwas von den Ereignissen der letzten Tage mitbekommen?"

Charlotte Haverkamp nickt nachdenklich. Ein Stück Würfelzucker verschwindet im schwarzen See, den sie gleich trinken wird.

„Das hat Sie alles ziemlich mitgenommen."

Ihre Stimme gibt es auch weich, und das rührt Jacob plötzlich fast zu Tränen. Wann hat er das letzte Mal geweint? Der Vater starb auf Raten, sodass sich Jacob über Wochen an seinen Tod hatte gewöhnen können. Er war gefasst, als es zu Ende ging, aber als er allein beim toten Vater saß und den kriegserprobten Rosenkranz in seine Klavierhände legte, weinte er schließlich doch: erst leise, verhalten, dann fassungslos, wie in einem Krampf. Er erinnert sich, dass Frau Haverkamp damals im Haus war, unten in der Küche, und das ist ihm nun peinlich. Er wischt über die rot unterlaufenen Augen, die Nase läuft, in ihm gibt alles nach.

„Muss das Fieber sein."

Frau Haverkamp bietet ihm ihr Taschentuch an. Jacob riecht Lavendel, er ist dankbar für den feinen Stoff, eine Erinnerung an die Mutter. *Geklöppelt*, fällt ihm ein, und nun rührt ihn dieses Wort aus einer anderen Zeit. Jacob findet seinen Zustand wirklich bedenklich.

Sie sitzen lange da. Jacob lässt zu, dass Charlotte Haverkamp irgendwann eine Hand auf seine legt, so wie man etwas vergisst. Sie trinkt ihren Kaffee und er seinen. Er ist heiß und stark und tut gut.

Ich werde zu einem alten Kind, denkt Jacob. Ihm gefällt die Vorstellung. Der Moment darf dauern. Jacob zählt Zeit, dann zuckt er, eher versehentlich. Frau Haverkamp zieht ihre Hand zurück, sie macht das geschickt, es wirkt selbstverständlich, denn sie beginnt, Jacob eine Brötchenhälfte zu schmieren, mit viel Butter und einer Scheibe Schinken.

„Eigene Produktion", erklärt ihm Frau Haverkamp, wie man um Vertrauen wirbt. Ihr Mann versorgt irgendwo hinter den Feldern die Schweine. Aber dafür kann Jacob nichts. Er denkt an Raven und an die kalte Schwester, für die gerade ein Tag im Paradies zu Ende geht.

„Ich kannte Ihren Freund, Herr Pfarrer. Von früher."

Ein Ausdruck, der lächeln kann. Seine Mutter erzählte gerne *von früher*.

„Er war damals häufig bei Ihnen zu Besuch, nicht wahr?"

Damals. Ein Krähenfuß setzt einen Gedanken im Schnee auf, lautlos, in einer Welt, die Jacob nicht sieht.

„Ich glaube, Ihr Freund Raven war der schönste Mann, den ich je gesehen habe."

Eine zähe Frau schmunzelt in ihre Vergangenheit hinein, während Jacob noch einmal nach einem Bild der jungen Charlotte Haverkamp sucht.

„Man hat ihn totgeschlagen. Wie einen Hund."

Er sagt es langsam, entschieden.

„So sollte niemand sterben. Allein in der Kälte. Verloren, in einem Tunnel."

Jacob zögert wie ein trauriger Richter.

„Ich nehme das Gott übel."

Den Satz sagt er scharf. Empört, aber ruhig.

Frau Haverkamp blickt erstaunt auf, doch sie verzichtet auf einen Kommentar.

„All die vergessenen Menschen. Die allein sterben. Die keiner kennt. Es gibt so viel Tod in dieser Welt, dass ich es manchmal nicht aushalte mit meinem Gott."

Für einen Augenblick scheint Charlotte Haverkamp noch einmal Jacobs Hand fassen zu wollen, aber dann zieht sie nur die Bettdecke straff.

„Man muss etwas tun", sagt er, als schlage in ihm etwas zur Seite aus.

„Man muss einfach etwas tun."

Nun zittert Frau Haverkamps Hand.

Ich mache ihr Angst, denkt Jacob. Aber so sieht sie im nächsten Augenblick schon nicht mehr aus. Im Gegenteil.

„Das meint jedenfalls Melchior", fügt er an, um seinen milden Ausbruch zu besänftigen.

„Wissen Sie, ich bin nicht ganz undankbar, dass der Neujahrsgottesdienst ausgefallen ist. Ich hätte nicht gewusst, was ich predigen soll."

„Müssen Sie das denn immer?"

„Was meinen Sie?"

„Na ja … Predigen? Immer etwas *sagen*?"

Eine Frage wie der Abstand zwischen zwei Luftschichten.

„Reicht es nicht manchmal, einfach da zu sein?"

Jacob überlegt. Was für ein Satz aus ihrem Mund. Er weiß, dass die Haverkamp Recht hat. Er hat sich etwas Ähnliches oft genug gesagt, wenn es in den letzten Jahren still und stiller wurde um seinen Gott. Deshalb hätte er sich gestern gerne noch einmal in die Kirche gesetzt, wie zur Vergewisserung. Jetzt will er nicht einmal das. Wenn Gott nichts tut, müssen wenigstens wir etwas unternehmen, denkt er. Gegen den Tod.

„Raven Richards war in letzter Zeit manchmal hier, wissen Sie das?"

Jacob ist verblüfft.

„Nein."

Zur Hälfte meint Jacob das als Einspruch.

„Hab ihn hin und wieder gesehen. War häufig nachts unterwegs. Nicht nur hier. In der gesamten Umgebung. Streifte umher. Immer in seinem weiten schwarzen Umhang."

Sie stockt.

„Muss ein eigenartiges Leben geführt haben."

„Was meinen Sie damit?"

„Nur so ... Er war ..."

Frau Haverkamp macht eine Handbewegung, als suche sie nach dem exakten Ausdruck.

„Hij was berucht ... Wie sagt man? *Berüchtigt?*"

Der Balken über ihren Augen zieht einen Vorhang. Dunkel wird es in diesem herben Gesicht.

„Er war *die Fledermaus.* Beobachtete Menschen. Stand in dunklen Ecken. Tauchte auf, wenn man nicht damit rechnete. Redete nie. War ständig allein. Unheimlich."

Charlotte Haverkamp zögert, während Jacob nach Ravens Stimme sucht, einem verlorenen Klang. Was muss geschehen, dass ein Mensch aufhört zu sprechen?

„Er hat nie jemand etwas getan. Soweit ich weiß. Nie jemand angesprochen, angefasst, geschweige denn attackiert oder so etwas. Aber er löste Angst aus."

Ängstlich kann sich Jacob die Frau Haverkamp schwer vorstellen.

„Er *war* die Angst. Wenn man in sein Gesicht sah, konnte

man sie herauslesen. Er hatte wohl kein gutes Leben, Ihr Raven."

Ihr Raven. Das schmeckt so bitter, wie es sich in Frau Haverkamps Erinnerung ausnimmt.

„Bin manchmal spät abends unterwegs. Kann nicht einschlafen. Mich packt eine innere Unruhe. Kam mit den Wechseljahren und hat nicht wieder aufgehört."

Sie lächelt verlegen. Jacob hält ihrem Blick stand.

„Muss dann aus dem Haus. Manchmal fahre ich ziellos durch die Gegend. Meist versuche ich aber, mich müde zu gehen. Dann wandere ich bis Markandern. Durch den Wald und zurück."

Wo sich böse Gedanken in Eulen verwandeln, hatte Jacobs Großmutter ihrem Sohn erzählt. Sie musste es wissen. Jacobs Gesicht spiegelt eine eigene Angst. Kinderangst für Erwachsene, denkt Jacob. Ob Charlotte Haverkamp sie kennt?

„Mein Mann weiß davon nichts. Wenn er einmal schläft, schnarcht er sich durch die Nacht. Ich liege neben ihm, wenn er ins Bett geht, und ich liege wieder neben ihm, wenn er aufwacht. Er schläft wie ein Besinnungsloser."

„Das macht die harte Arbeit im Freien."

Er versucht, den Mann zu entschuldigen. Warum bloß? Eigentlich denkt Jacob nur daran, was das für eine Ehe sein muss, die Frau Haverkamp führt. *Bis dass der Tod Euch scheidet.* Stimmt, denkt er.

„Im vergangenen November war ich an Allerseelen unterwegs. Deshalb kann ich mich so genau an diese Nacht erinnern. Passend, wissen Sie?"

Jacob weiß nicht, aber er ist gespannt, was an Frau Haverkamps Geschichte passen wird.

„Es war in der Nähe des Stadions. Wenn man von Dornbusch aus zur kleinen Kapelle geht, führt der Reiterweg hinter der Tribüne am Fußballplatz vorbei. Man hat von da einen schönen Blick auf das nächtliche Markandern mit seinen versprengten Lichtern. Ich stehe gerne an dieser Stelle. Das Leben spielt sich im Schlaf der anderen so viel harmloser ab."

Wieder so ein Satz, den Jacob nicht erwartet hätte. Nicht von Charlotte Haverkamp. Sie kann viele Sprachen, denkt Jacob. Der Körper seiner Haushälterin spannt sich an, als misstraue er dem Bild, das Jacob jetzt sieht.

„Es braucht ein paar Minuten, bis man von dort runter ans Stadion und an den Friedhof gelangt. Sie wissen, welche Stelle ich meine?"

Jacob weiß es sehr genau.

„Ich mag die Stille hier. Aber in dieser Nacht war ich nicht allein. In der Nähe der Kabinen bewegten sich Schatten. Dann hörte ich Stimmen. Ungewöhnliche Zeit. Nach drei Uhr. Ich dachte an Jugendliche, die im Vereinsheim gefeiert hatten. Als ich näherkam, sah ich zwei Jungen und ein Mädchen. Es lag beim größeren der beiden im Arm. Hin und wieder lachte es laut auf, ein wenig hysterisch, fand ich, wahrscheinlich betrunken. Ich blieb stehen und verfolgte die Szene. Unvermittelt änderte sich die Stimmung. Das Mädchen begann zu schimpfen, und dann schrie es auf einmal. Durchdringend. Es kreischte förmlich, mit einem enormen Echo im Stadion. Plötzlich gab es ein Geräusch, als schlüge eine Tür zu. Es wurde still. Vollkommen still. Bedrohlich still. Als ich zum Handy griff, um die Polizei anzurufen, blitzte etwas auf. Zweimal, dreimal. Es hörte nicht auf. Ich sah, wie die Typen wegliefen. Inzwischen hatte ich die Notrufzentrale am Apparat. Der wachhabende Beamte versicherte mir, dass in wenigen Minuten eine Streife vor Ort sein werde, und forderte mich auf, so lange Abstand zu halten. Aber ich ging weiter auf das Stadion zu.

Dann sah ich Raven. Er hockte bei dem Mädchen, ein blondes junges Ding, das am Kopf blutete und ohnmächtig zu sein schien. Raven hatte seinen Kaftan in ihren Nacken gelegt und fühlte ihren Puls. Um seinen Hals hing eine Kamera. Als er mich bemerkte, schaute er mich einige Sekunden ruhig an. Unendlich traurig, dachte ich. Ein Polizeiwagen näherte sich mit Blaulicht und Martinshorn. Er kam rasch heran. Raven hockte immer noch in derselben Haltung, schaute abwechselnd zu dem Mädchen, dann wieder zu mir und legte einen Finger auf die Lippen. Dann nahm er seinen Umhang, legte den Kopf des Mädchens behutsam auf dem Boden ab und verschwand."

Charlotte Haverkamp fixiert Jacob. Ihre Augenfarbe scheint zu wechseln. Jacob kennt diese Farbe noch nicht.

„Gegenüber den Beamten habe ich Ravens Anwesenheit nicht erwähnt, und das junge Mädchen konnte sich später nicht an ihn erinnern. Auch nicht an die beiden Kerle. Das hat sie jedenfalls behauptet. Es gab eine Anzeige gegen Unbekannt."

Der nächste Satz bewegt sich langsam aus ihr heraus, als sollte er etwas aufhalten.

„Am Ende verlief alles im Sand."

Jacob denkt beinahe zärtlich an Raven. Diese Geschichte ist das Erste, was er von Ravens Leben nach dem Abitur erfahren hat. Eine Geschichte vom Verschwinden, wieder. Unwillkürlich schüttelt er den Kopf. Frau Haverkamp steht auf.

„Ik moet voor het huishouden zorgen."

Jacob hat etwas verpasst, denkt er, aber er weiß nicht was. Er würde gerne noch etwas sagen. Er will nicht, dass Charlotte Haverkamp jetzt geht. So geht. Aber sie hat bereits die

Tür erreicht. Einen Moment hält sie inne, dann macht sie zwei rasche Schritte auf das Fenster zu.

„Sonderbar."

Sie wirkt so beherrscht wie immer.

„Unten vor der Kirche steht seit einer Stunde jemand. Als ich vorhin den Kaffee aufgeschüttet habe, ist er mir bereits aufgefallen. Von hier oben glaube ich beinahe, dass es der Herr van Breijden ist."

Jacob richtet sich im Bett auf.

„Er steht da und blickt einfach auf die Kirche."

26

Der Besucher scheint die Bewegung am Fenster bemerkt zu haben, jedenfalls ist er verschwunden, als Jacob das Fenster erreicht. Als er es öffnen will, um nach dem Verbleib des Gastes zu fahnden, hält ihn Frau Haverkamp zurück.

„Das bringt doch nichts. Die eiskalte Luft von draußen. Sie holen sich den Tod."

Was sich van Breijden holen wollte, fragt sich Jacob.

„Ich kann nicht die ganze Zeit liegen bleiben. Ich muss aufstehen. Man verliert ja jede Form."

Als er sich mühsam Richtung Bad bewegt, schüttelt Frau Haverkamp wortlos den Kopf. Sie schüttelt diese Stunde ab, denkt Jacob, und das ist ihm nur recht. Er braucht ihr Einverständnis nicht. Er muss selbst klarkommen.

Eine halbe Stunde benötigt er, um sich frisch zu machen. Er rasiert sich nass, mit einer neuen Klinge, ohne sich zu schneiden. Trotzdem brennt die Haut nachher. Rote Flecken setzen sich auf seinem aschfahlen Gesicht ab. Jacob hat wenig acht auf es gegeben, auf seinen Körper, der ihn gemütlicher wirken lässt, als er sich fühlt. Die Streifen an seinem Bauch haben eine Geschichte.

Er denkt an Melchior, den ausgemergelten, durchtrainierten Melchior, der sich jeden Morgen an seinen Geräten quält und einen eigenen Physiotherapeuten kommen lässt, seit er es sich leisten kann. Auf seinem Friedhof lagern viele Dateien. Jacob wird den schwarzen Mann heute besuchen. Er schwitzt zwar schon wieder sein weiß geripptes Unterhemd durch, aber er geht dagegen an. Er will nicht abwarten, wie die Welt um ihn herum untergeht.

Als er sein Schlafzimmer wieder betritt, hat Frau Haverkamp es aufgeräumt. Jacob zieht seinen dunkelblauen Alltagsanzug an, ohne Kollar. Das dezente Kreuz auf dem Revers seines Jacketts reicht ihm. Man darf erkennen, dass er katholischer Priester ist, mehr nicht. Auf dem Weg in sein Arbeitszimmer horcht er nach unten. Keine Geräusche. Er überlegt, ob er Frau Haverkamp rufen soll, aber er wüsste nicht, was er ihr dann sagen sollte. Also wartet er, lauscht in das stille Haus und nimmt nichts als das Hintergrundrauschen in seinem Ohr wahr. Sie scheint gegangen zu sein. Besorgungen machen, denkt Jacob. Er hofft es.

In seiner Bibliothek herrscht eine Ordnung, die nicht von ihm stammt. Nur auf dem Schreibtisch hat Frau Haverkamp nichts angerührt. Das Manuskript liegt offen neben dem PC. Seit einer Woche ist keine Zeile entstanden.

„Wie soll das Buch jemals fertig werden?", flüstert Jacob, aber es kommt keine Antwort. Frau Haverkamp ist wirklich weg.

Jacob geht am Evangeliar vorbei, ohne es anzurühren. Der Herr muss heute noch ohne ihn auskommen. Jacob tastet sich am Geländer entlang und kommt schweißgebadet an der Garderobe an. Soll er wirklich das Haus verlassen?

Ein unvernünftig scharfer Windzug erfasst Jacob, als er die Haustür öffnet. Seine Baskenmütze fliegt in weitem Bogen vom Kopf und auf das Kirchenportal zu. Die Schritte des Besuchers von vorhin markieren einen eigenen Abschnitt im Gelände. Er scheint schnurstracks von der Straße auf die Kirche zugegangen und dann ohne weitere Bewegung stehen geblieben zu sein. Der Boden weist nur die Spuren auf, die er auf dem Rückweg seitlich zur Dorfstraße hinterlassen hat. Eine Stunde starr im Schnee? Bei den Temperaturen? Passt zu diesem sturen Ton van Breijden, denkt Jacob, während der nächste und übernächste Windstoß seine Mütze außer Reichweite wehen. Jacob überlegt, ob er ihr nachsetzen soll, aber das erscheint ihm aussichtslos. Es stellt schon eine Herausforderung dar, Melchiors Haus zu erreichen.

Der sitzt am Fenster. Kopfschüttelnd. Er scheint sich mit Frau Haverkamp verbündet zu haben. Dann macht er ein Zeichen, und Jacob hört den Türsummer. Er setzt sich in Bewegung, schwerfällig, gegen den erneut anrollenden Sturm gedrängt. Sein Scheitel hängt in faserigen Strähnen zur Seite. Der Schweiß auf seiner Stirn droht anzufrieren. Von oben löst sich etwas und verfehlt Jacob bemerkenswert knapp. Er schaut auf das, was neben ihm eingeschlagen hat. Jemand führt Krieg gegen ihn. Mit einem energischen Schritt sucht er den Schutz des Hauseingangs und lässt sich gegen die Tür fallen. Sie gibt nach, alles gibt nach, für einen kurzen Moment, in dem Jacob auf die Knie geht. Er könnte sich hinlegen, liegen bleiben, aber er hat etwas vor. Er hat noch etwas zu erledigen, denkt er.

„Alles klar?"

Melchiors Stimme. Nichts ist klar, denkt Jacob, aber das macht er nicht öffentlich. Er hält sich an die mechanische Abfolge von Bewegungen, die es jetzt braucht. Zieht den Mantel aus, legt ihn über den Geländerkopf der Treppe. Befreit die Schuhe vom Schnee, tritt sie aus. Geht mit den Händen durch die Haare und stiftet notdürftige Ordnung. Findet ein intaktes Tempotuch, um sich zu schnäuzen. Sagt ein dürftiges Bittgebet auf, ganz tief innen, und wagt sich Stufe um Stufe nach oben.

27

Der Freund wirkt unverändert. Die Zeit hat nichts gegen ihn vermocht. Seinen schwarzen Zaubermantel trägt er weit und lose wie immer, als sei die Welt in der Zwischenzeit nicht älter geworden und Raven immer noch tot. Diese Gleichgültigkeit erregt Jacobs Zorn, doch er kommt schnell wieder zur Besinnung.

„Mein Gott, warum bist Du in diesem Zustand rübergekommen?"

Jacob ignoriert die blasphemische Beanspruchung eines Gottes, an den Melchior nicht glaubt.

„Reine Sehnsucht."

„Dagegen lässt sich wenig einwenden. Hätte ich an Deiner Stelle auch. Magst Du was trinken? Oder soll ich Dir liebe eine Sonde legen?"

„Ein Tee wäre fein."

„Was für eine distinguierte Wahl. Schwarz, der Herr?"

Jacob hasst schwarzen Tee, Melchior weiß das. Auch Jacob kann den Kopf schütteln.

„Kamille? Hast Du so was?"

„Dir muss es wirklich beschissen gehen."

Melchior veranlasst trotzdem das Nötige. Er rollt zu seiner Anrichte, setzt Wasser auf und kehrt mit einem Stövchen zurück, das er auf dem tiefen Tisch abstellt. Er kümmert sich auch um das Teelicht und alles Weitere. Jacob hat im Schaukelstuhl Platz genommen, er wiegt sich in einen besseren Zustand. Beobachtet den Freund, der sich an seinem Kamin zu schaffen macht. Melchior kann Kamin, denkt Jacob. Es dauert nicht lange, und ein solides Feuer verteilt Geräusche und Gerüche, die Jacob warm einfassen. Es geht weiter, denkt Jacob. Den Moment noch. Bis der Tee kommt. Und schließt die Augen.

Melchior lässt ihm Zeit. Solange wie es braucht, den Tee ziehen zu lassen und eine CD einzulegen. Düstere Tonschwaden ziehen auf. Ganz M.

„Lisa Gerrard. Gefällt Dir, was?"

In seinem Zustand wäre Jacob zu fast jedem Zugeständnis bereit, aber dieser morbide Choral gefällt ihm wirklich. Einfache Akkorde, die nach unten sinken. Ein Totengesang. Der erste Akt für ein Requiem.

„Kenne ich nicht."

„Twilight Kingdom. Wer es kennt, vergisst es nicht."

Stimmt, denkt Jacob, und gibt nach. Auch wenn er es etwas kitschig findet. M scheint ihm dies abzulesen.

„Banause."

Mit seiner Fernbedienung stellt er schneidende Ruhe her.

„Barth hat wieder angerufen."

„Wann?"

„Vorhin. Kurz vor neun. Hat es auch bei Dir probiert. Aber niemand hat abgehoben."

Da hat er mit Charlotte Haverkamp Kaffee getrunken. Vielleicht leiht Jacob sich einmal Melchiors CD.

„Neuigkeiten?"

„Wie man will. Beerendonk ist immer noch nicht aufgetaucht. Er hat einen Termin sausen lassen und sich bei seiner Sekretärin nicht gemeldet. Sein Handy bleibt ausgeschaltet, man kann ihn nicht orten."

„Na ja, er wird in irgendeinem Funkloch stecken und bei dem Wetter nicht vor die Tür wollen. Klingt nicht unvernünftig."

M macht etwas mit dem Zeigefinger seiner linken Hand.

„Soll ich jetzt eine Runde mit dem Lachen aussetzen?"

Jacob lässt sich davon nicht beeindrucken.

„Mit Ravens Fotos ist Barth also noch keinen Schritt weiter?"

M zögert, aus welchem Grund auch immer.

„Wie man es nimmt. Er hat die Serie durchgesehen. Es handelt sich um Aufnahmen aus den letzten, halt Dich fest, *siebenunddreißig* Jahren."

„Was?"

„Auf dem PC finden sich noch mehr. In den Mappen gibt es jeweils eine Serie für ein Jahr, eine Art Auswahl."

Melchior scheint der eigene Tee nicht zu schmecken, er schiebt ihn zur Seite.

„Raven hat die ganze Stadt fotografiert. Menschen, die sich unbeobachtet fühlten. Vor allem hat er Beerendonk überwacht."

„Das gibt es doch nicht. Raven war seit siebenunddreißig Jahren in Markandern und hat seitdem Fotografien von Beerendonk geschossen?"

„Behauptet Barth. Raven scheint ganze Tage abfotografiert zu haben. Im Stundentakt. Manchmal rund um die Uhr. Nicht immer ist Beerendonk selbst zu sehen. Oft nur seine Wohnung, sein Wagen, sein Büro. Aber meist er selbst. Allein. Mit seiner Frau. Irgendwo unterwegs."

Jacob schaut auf die Fenster, aber sie sind fest verschlossen. M rollt zum Kamin und wirft zwei Scheite Holz nach. Funken schlagen hoch.

„Kannst Du diese CD noch mal anstellen?"

„Was?"

„Mir ist irgendwie danach."

„Nicht Dein Ernst."

Melchior ist verunsichert, aber er drückt die erforderliche Tastenkombination. Der Nebel zieht wieder auf. Zwei Stimmen überlagern sich, laufen nebeneinander her, schneiden sich in einem Punkt, der zwischen Streichern verschwindet und im Alt der Sängerin wieder auftaucht. Bis zum Cut.

„Barth sagt, dass Raven während dieser ganzen Jahre eine Art Schatten über Beerendonks Leben gezogen hat. Er hat es aufgezeichnet, dokumentiert, ich weiß nicht, wie man das nennen soll. Raven muss besessen gewesen sein von Beerendonk."

„Von Beerendonk? Undenkbar. Der war immer ein Langweiler."

„Sagt der Priester."

Zwei Zähne lang geht das Lächeln auf.

„Da stimmt etwas nicht."

„Meint Barth auch. Deswegen wartet er einigermaßen sehnsüchtig auf die Rückkehr des Herrn Rechtsanwalt."

Sehnsucht und Beerendonk, denkt Jacob. Das ergibt keinen Reim. Sein Tee schmeckt kein bisschen. Doch für etwas Stärkeres als Kamille fehlen ihm Mut und Lust.

28

Sein Bett. Wieder. Immer noch. Jacob war eben noch bei Melchior. Er vergewissert sich, dass er sich tatsächlich in seinem Schlafzimmer befindet. Frau Haverkamp hatte Recht, er wäre besser liegen geblieben. Jacob Beerwein fühlt sich schwächer als vorher. Ob Frau Haverkamp ihm morgen noch einmal ein Frühstück bringt? Das Pastorat wirkt verlassen. Das hat Jacob noch nie empfunden. Er mag kein Selbstmitleid. Er wird sie anrufen müssen.

Vorher klingelt sein Handy. Er hat vergessen, es auf lautlos zu stellen. Auf dem Display sieht er, dass Barth anruft.

„Warum?"

„Bitte?"

„Warum rufst Du an? Brauchst Du einen Priester?"

Jacob weiß selbst nicht, warum er so ruppig wird. Eigentlich fühlt er sich viel zu müde dafür.

„Wie es aussieht, brauchst Du eher einen."

Barth hat nicht lange für seine Antwort gebraucht. Jacob entscheidet sich, darauf nicht einzugehen.

„Also?"

„Du warst vorhin bei Melchior?"

„Scheinst Du ja schon zu wissen."

„Stimmt."

Jacob fragt nicht, woher der Kommissar das weiß.

„Ich würde gerne morgen früh mal vorbeikommen und mit Dir über die Geschichte reden."

„Hmm."

„Außerdem ist Ravens Leiche frei gegeben. Er kann bestattet werden."

Also braucht Barth doch einen Priester, möchte Jacob einwenden. Er lässt es.

„Darüber sollten wir wirklich reden. Ich weiß aber nicht, wann ich das Begräbnis übernehmen kann. Mich hat es heftig erwischt. Der Besuch bei Melchior war schon zu viel für mich."

Barth kartet nicht nach. Er stellt menschliches Verständnis unter Beweis.

„Kein Problem. Die Beerdigung hat noch Zeit."

Solange es nicht meine wird, hustet Jacob in sich hinein. Obwohl das die leichteste Lösung wäre.

„Wir sollten trotzdem reden."

Barth ist schneller als Jacobs Visionen.

„Ich kann Dir den formellen Kram abnehmen, wenn Du willst."

„Das wäre eine große Hilfe. Wann kommst Du?"

„Gegen neun Uhr? Wenn nicht noch was passiert."

„Was heißt das?"

„Ich weiß auch nicht, was los ist. Erst der Schnee, dann Ravens Tod. Und schließlich dieser Unfall."

„Was für ein Unfall?"

„Du hast nichts gehört? In der Silvesternacht hat es einen tödlichen Unfall gegeben. Auf dem Weg nach Dornbusch. Die Kreuzung hinter dem Stadion. Zwei Jugendliche. Achtzehn und neunzehn Jahre alt. Auf freier Strecke. Im Schnee zu schnell gefahren, vermutlich. Jedenfalls sind sie gegen einen Baum gerast. Sofort tot."

Jacob würde gerne etwas sagen. Nur was?

„Das Sonderbare ist, dass der Fahrer das Steuer ganz plötzlich zur Seite gerissen haben muss. Ohne zu bremsen."

„Betrunken?"

„So wie es aussieht, nicht."

Jacob spielt Barths Gedanken durch.

„Vielleicht ein Reh? Irgendwas auf der Fahrbahn?"

„Kann sein. Nur gab es keine Spuren im Schnee. Da war nichts, dem man hätte ausweichen müssen."

„Kann man das denn noch feststellen?"

„In dieser Nacht – ja. An der Nummer stimmt was nicht."

Jacob Beerwein denkt nicht mit Nummern. Er sieht zwei namenlose Menschen. Sieht Angst.

„Woran denkst Du?"

„Weiß nicht. Ergibt kein Bild."

„Selbstmord?"

„Nicht bei den beiden Typen. Sind einschlägig bekannt. Wüste Kerle."

Barth will etwas von ihm hören, denkt Jacob.

„So oder so: schrecklich."

„Allerdings. Ich war bei den Familien. Das willst Du nicht erleben."

Hat Jacob. Aber das erwähnt er nicht. Er fasst das lose Ende eines anderen Satzes. *Raven kann beerdigt werden.* Jacob will das hinter sich bringen. Raven soll zur Ruhe kommen. Er sieht ihn wieder im Tunnel, in der Unterführung, an der Straße, die nach Dornbusch führt.

„Bis morgen also."

29

Wie viel kann ein Mensch schlafen? Jacob dreht sich zur Seite. Acht Uhr. Er muss sich beeilen, in seinem Zustand. Barth kommt in einer Stunde. Jacob möchte ihn nicht im Bett empfangen.

Als er den Bademantel überwirft, riecht er den Schweiß der vergangenen Tage. Er besitzt eine überempfindliche Nase für alle Gerüche. Das macht ihm den Kontakt mit anderen Menschen nicht leichter. Dafür nimmt er Kaffeeduft wahr. Glaubt er. In seinen altmodischen Pantoffeln schlurft Jacob nach unten, leise, als gelte es, jemand zu überraschen. Er probiert es zumindest. Doch er schmirgelt mit dem Gummibelag seiner Sohlen über die Holzdielen, ein Geräusch, das er aus der Küche seiner Großmutter kennt. Eine Erinnerung, die zu nichts in diesem Augenblick passt.

Frau Haverkamp sitzt am Esstisch, den Kopf auf eine Hand gestützt. Sorgenvoll, denkt Jacob. Sie blickt auf.

„Geht es Ihnen besser?"

„Nicht wirklich. Ich habe mich gestern überanstrengt, fürchte ich."

„Kein Wunder. Immer noch Fieber?"

„Nicht gemessen."

„Immerhin husten Sie nicht mehr so viel."

Das stimmt. Jacob bemerkt es erst jetzt. Er fühlt sich gleich stärker.

„Ich dachte, Sie wären gestern wieder nach Hause gezogen."

„Bin ich auch. Aber heute ist ganz normaler Putztag."

Jacob fragt sich, welche Antwort er sich gewünscht hätte. Aber vor allem ist er froh, dass Charlotte Haverkamp wieder ihren Kaffee gekocht hat.

„Legen Sie sich am besten wieder ins Bett. Ich bringe Ihnen das Frühstück."

„Dafür bleibt keine Zeit. Kommissar Barth will um neun Uhr einige Dinge mit mir besprechen."

Jacob zögert.

„Raven kann beerdigt werden."

„Maar dat kun je niet doen. Niet in jouw toestand!"

Frau Haverkamp fährt auf. Ihr resoluter Einspruch freut Jacob ein wenig.

„Ich ziehe mich an."

Aber als er oben ist, muss sich Jacob erst wieder hinlegen. Er sollte wenigstens den Schlafanzug wechseln. Sein Handy vibriert. Barth.

„Grüß Dich."

„Morgen."

Der Kommissar verfügt über wenige Nuancen, seine Stimmung auszudrücken. Jacob überlegt, welches Gesicht dazu passt.

„Ich muss absagen. Wir haben gerade die ersten Ergebnisse von der KTU reinbekommen."

Jacob versteht nicht sofort.

„Die Geschichte mit dem Unfall. Scheint kompliziert zu werden."

Barth tut ihm leid. In seinen letzten Wochen als Kommissar diese beiden Fälle zu bearbeiten, muss hart sein.

„Es gibt nun doch Spuren. Ein *Offroader* hat am Waldrand schräg gegenüber von der Unfallstelle geparkt. Da haben die Kollegen zuerst nicht gesucht."

Barth macht eine Pause. Oder holt bloß Luft. Ein weiter

Weg, denkt Jacob. Er versucht sich die Unfallstelle vorzustellen. Er kennt den Übergang. Die schmalen Seitenbuchten. Warum sollte man da parken? Hundert Meter weiter befindet sich der Waldparkplatz.

„Reifenspuren. Die Profiltiefe lässt sich zuordnen. Wir fahnden jetzt nach Besitzern von Geländewagen. Erst mal aus der Umgebung. Sind mehr, als man denkt, aber vielleicht hat ja jemand so einen Wagen um die Zeit des Unfalls gesehen."

Warum erzählt er mir die ganzen Details?, fragt sich Jacob. Aber er kennt das. Gegenüber Priestern reden die Leute schon mal mehr. Barth setzt wieder an.

„Vielleicht war der Fahrer des Geländewagens sogar Zeuge des Unfalls …"

Barth muss noch einmal dahin, wo er Sauerstoff lagert. Zwei tiefe Züge. Vor dem nächsten Tauchgang.

„Die ganze Geschichte beunruhigt mich. Hast Du eine Ahnung, wieviele Todesfälle ich im vergangenen Jahr bearbeiten musste?"

Woher soll Jacob das wissen? Aber Barth erwartet vermutlich keine Antwort.

„Zwei Todesfälle, die nichts miteinander zu tun haben. Luftlinie ein paar Hundert Meter Entfernung. Erst ein Mord, dann ein Unfall ohne erkennbare Ursache. Innerhalb von ein paar Tagen. Merkwürdig, oder?"

„Zufall?"

„Ich dachte, an so was glaubst Du nicht?"

Jacob hat keine Lust auf eine Vorlesung. Barth auch nicht. Also schweigen sie. Jacob schließt die Augen. Der Kommissar vielleicht auch.

„Ich weiß nicht, ob ich es heute noch zu Dir schaffe."

„Melde Dich einfach, wenn Du wieder Zeit hast."

„Mach ich."

Als Jacob auflegt, steht Frau Haverkamp im Zimmer. Sie hält das Frühstückstablett in den Händen. Nachdenklich schaut sie zum Fenster. Ob sie die letzten Worte verstanden hat?

„Frau Haverkamp?"

Sie wendet sich Jacob zu, als sei sie eben erst aufgewacht.

„Es ging um die beiden Jungs, nicht wahr?"

Jacob nickt und weiß nicht, ob er sich über die Indiskretion ärgern soll. Passt nicht zu Frau Haverkamp, denkt er.

„Ich kannte sie. Die Familien. Schwierige Verhältnisse, wie man früher sagte."

„Was soll das heißen?"

„Sagen wir, sie waren wild."

Ihre nächsten Sätze reiben sich an einem unsichtbaren Widerstand.

„Die beiden waren bekannt dafür, Streit zu suchen. Sich bei jeder Gelegenheit zu schlagen. Und sie zu finden."

„Woher wissen Sie das?"

„Verwandte. Auf Distanz. Die beiden waren Cousins, Familie meines Mannes."

Was verächtlich klingen könnte, schluckt sie herunter. Mehr als nur eine Erinnerung, vermutet Jacob.

„Schrecklich", fügt er an, als könne er damit etwas mildern. „Einfach nur schrecklich traurig. So jung. So wenig Leben. Es ist zum Gotterbarmen."

Frau Haverkamp hat das Tablett abgestellt. Sie zieht einen Sessel heran, setzt sich aber nicht. Steht am Bettrand, als suche sie etwas. Ihre Augen greifen nach einem Gegenstand, während ihre Backenknochen etwas zermalmen. Das dauert.

Was sagt man am besten? *Wollen Sie reden?* Charlotte Haverkamp will nicht reden. Vorsichtig nimmt Jacob die

Kaffeekanne, die noch aus der Mitgift seiner Mutter stammt, eine Kostbarkeit ihr Leben lang, und schüttet die erste Tasse halb voll.

„Milch?"

Charlotte Haverkamp nickt in die Leere, die sich direkt vor ihr befindet.

„Danke."

Als sie sich Jacob zuwendet, erschrickt er fast. Ihre Trauer hat alles Weiche in ihren Zügen festgefroren. Eine Totenmaske schaut Jacob Beerwein an, und er zieht instinktiv seine Decke etwas höher.

„Ist Ihnen kalt?"

Das kann Jacob nicht gut beantworten.

„Soll ich nicht doch den Doktor Paßlack einmal bitten, nach Ihnen zu schauen?"

„Das wird nicht mehr nötig sein. Ich habe das Schlimmste wohl überstanden."

Hoffentlich, denkt Jacob. Die Saite einer unbestimmten Sorge klingt nach.

„Übrigens war es gestern wirklich Ton van Breijden, der vor der Kirche stand."

Charlotte Haverkamp hat auf diese Seite der Welt zurückgefunden.

„Woher wissen Sie das?"

„Er stand vorhin wieder da, als ich gekommen bin."

30

„Inés stirbt."

Melchiors Stimme verliert ihren Halt, als stürze sie von einem zu hohen Punkt ab.

„Das ist der Grund."

„Sag das noch einmal."

Genau das soll Melchior nicht. Aber er sagt es. Jacob glaubt es nicht. Das verstößt gegen etwas. Gegen die Logik seiner morgendlichen und abendlichen Spaziergänge. Gegen ein Versprechen. Gegen viel mehr.

„Das ist nicht wahr."

Melchior sagt nichts mehr.

„Das kann doch nicht sein, dass um uns herum die Menschen einfach so wegsterben."

Draußen Himmel. Jacob vergewissert sich. Welt ohne Wolken. Versorgt von einer gleichgültigen Sonne. Acht Minuten braucht ihr Licht bis zur Erde. In der Zeit sterben Menschen. Trotzdem herrscht Sonntag. Mit den üblichen Effekten. Winterpublikum auf den Wegen. Kinder auf den Feldern. Gleich folgt das Glockengeläut für die Messe, die Jacob Beerwein nicht feiern wird.

Frau Haverkamp hat sich über seinen Willen hinweggesetzt und den Doktor Paßlack verständigt. Der kam vor einer Stunde und wusste auch nicht viel mehr als Jacob. Grippe, zwei Wochen aussetzen. Viel trinken, viel liegen. Ruhe gönnen. Die Menschen allein sterben lassen. Da draußen.

Jacob ist also offiziell krankgeschrieben. Er sieht das Formular, das er nicht mehr benötigt. Er ist niemand Rechenschaft schuldig. Nebenan wartet sein Gott in einem Behälter.

„Bist Du noch da?"

„Ich glaube nicht."

„Ich würde ja rüberkommen, aber im Schnee ... Und dann die Treppen ... Es wird Zeit, dass wir mal wieder ein Glas trinken. Uns ein Spiel ansehen."

Abgrundtief milde klingt der Freund.

„Woran stirbt Inés?"

„Ein Hirntumor. Seit Anfang des vergangenen Jahres hat sie einen Tremor. Sie bekam Medikamente dagegen, sodass sie bis zum Sommer noch Konzerte geben konnte. Man dachte, es habe etwas mit ihrem Arm zu tun. Aber das stimmte nicht."

„Deshalb das Karriereende im Sommer?"

„Ja. Obwohl erst seit Anfang November klar ist, woran es wirklich lag."

„Wie ist so etwas heutzutage noch möglich?"

„Frag mich nicht. Der Tumor wächst schnell. Als die Diagnose vorlag, sprach man von einigen Wochen, die ihr noch bleiben."

„Kann man nicht bestrahlen oder so etwas?"

„Zu spät. Für alles zu spät. Der Tumor frisst sich einmal quer durch Inés. Ihr Gleichgewichtssinn ist betroffen. Sie stürzt immer wieder."

„Und geht dann den ganzen Weg zu Dir? Allein?"

„Ich weiß. Aber das ist ihr Kampf um Unabhängigkeit. Wenn van Breijden Besorgungen macht, nutzt sie die Chance, aus dem Haus zu kommen. Ein bisschen Autonomie. Das ist ihr das Risiko wert, zu fallen."

Jacob erinnert sich an sein Unbehagen, an die geschwollene Gesichtshälfte, die er meinte, gesehen zu haben. An den faden Verdacht, der sich wie von selbst spann.

„Ich hatte schon die Befürchtung, van Breijden könnte

etwas damit zu tun haben. Dass sie nicht mehr spazieren ging."

„Er hat es ihr verboten. Aber er tut ihr nichts, wenn Du das meinst. Er ist verrückt vor Sorge. Er trauert schon jetzt um sie. Inés fühlt sich wie eine Tote. Sie kann die letzten Wochen nicht wirklich mit ihrem Mann leben. Dabei lieben sie sich."

Der letzte Gedanke tröstet Jacob. Ein wenig.

„Sie würde gerne einfach Musik mit ihm hören, neben ihm liegen, einschlafen, aufwachen, seine Nähe spüren. Aber van Breijden hält das nicht aus. Er lässt sie kaum aus den Augen, nimmt ihr alles ab. Er hält ihren Tod nicht aus, und auf diese Weise lässt er sie allein."

„Aber Inés kann mit Dir reden."

Diesmal spürt Jacob keine Eifersucht, sondern Dankbarkeit.

„Weil sie mit mir über ihr Grab spricht. Sie plant alles. Sie hat mir Material gegeben, das ich verarbeiten soll, und wir haben gemeinsam das Design entwickelt. Welche Dateien aufgespielt werden. Wie alles aussehen soll. Die vielen Details, die zu einem Friedhof im Netz gehören. Dazu gehört übrigens auch, dass Du sie beerdigen sollst. Das ist ihr wichtig."

Das kann Jacob nicht. Das ist ausgeschlossen. Er verfügt nicht einmal über die Kraft für Ravens Begräbnis. Trotzdem haucht er ein „Selbstverständlich!", das seinen Körper auf eigene Rechnung verlässt.

Ein Schneeball klatscht gegen das Fenster seiner Bibliothek. Die Kinder haben noch Weihnachtsferien. Auf der Straße Richtung Willebrand rodeln sie den gewellten Abhang hinunter. Früher hat Jacob das auch getan, im vergangenen Jahrhundert, mit Melchior, früher. Vor allem.

31

Jacob sitzt in seinem Schaukelstuhl. Eigentlich liegt er mehr. Er hat sich warm in seine Decken geschlagen und hört Bach: die *Kunst der Fuge*, als Streichquartett. Im Booklet zur CD findet Jacob ein Porträt von Inés: ihr Gesicht vor schwarzem Hintergrund, kunstvoll ausgeleuchtet. Nur wenige Kilometer entfernt wartet sie auf ihren Tod. Jacob wird sie vielleicht nie mehr sehen, nie mehr sprechen.

Stattdessen folgt Jacob einem anderen Impuls. Er steht auf, während Inés mit *Contrapunctus XII* einsetzt. In der unteren Schreibtischschublade, wo er die wenigen Unterlagen seines Vaters aufbewahrt, findet Jacob, was er sucht: einen grau marmorierten Band. Seine transparenten Schutzseiten knistern beim Aufschlagen und Umblättern. Von Jacob gibt es kaum Fotografien. Von anderen Kindern wurden bei jedem Anlass Fotos geschossen. Aber der Vater erzählte lieber. Die Mutter hat einige Kindheitsbilder aufgenommen, vor allem zu seinen Geburtstagen, und akkurat in das Album eingeklebt.

Ein Leben ohne Bilder kommt Jacob heute unfassbar ruhig vor. Einfach. Jacob hat sich früher manchmal als arm empfunden. Es ging zu Hause wirklich *einfach* zu, denkt Jacob und folgt Bachs Gedanken, die Inés spielt. *Einfach*. Aber es fehlte nicht wirklich etwas. Bis die Mutter mit dem alten VW verunglückte. Auf dem Weg ins Krankenhaus. Zu ihrem Sohn.

Jacob war beim Schulsport vom Barren gestürzt und unglücklich neben der Matte aufgekommen. Frontal auf dem

Hinterkopf. Manchmal meint er das Geräusch noch zu hören. Einen Ton, den man nicht spielen kann.

Jacob war ohnmächtig liegen geblieben. Man hatte den Notarzt verständigt, der Jacob umgehend ins Krankenhaus nach Markandern brachte. Verdacht auf Schädelbasisbruch. Die Direktorin hatte versucht, Jacobs Eltern zu verständigen, aber sie gingen nicht ans Telefon. Also war Melchior auf eigene Faust mit dem Rad nach Dornbusch gefahren. Er wusste, wo er suchen musste. Er fand Jacobs Mutter in der Sakristei. Sie polierte Kelche, Patenen, Ziborien – Ausdrücke aus Jacobs Welt. M hatte nur Jacobs Namen genannt. Einzelne Worte dazu. Und Jacobs Mutter war in den Wagen gesprungen, losgefahren, gerast, mit Melchior auf dem Beifahrersitz, der ihr auf der Fahrt ausführlicher berichten musste. Aber daran besaß M keine präzise Erinnerung mehr. Wenn er ihr alles besser erklärt hätte, wäre der Wagen dann nicht vor dem Ortseingang ins Schleudern geraten und nach rechts in den Landwehrgraben ausgebrochen? Wie oft er sich überschlug, wusste niemand. Auch Melchior nicht. Jacobs Mutter erinnerte sich nie wieder an etwas.

Jacob schlägt die letzte, leere Seite des Albums auf. Es wäre Platz für seinen elften Geburtstag gewesen. Irgendwie hielt er es ein Leben lang für seine Schuld. Er hatte die leichte Übung am Barren vermasselt. Der Lehrer stand neben ihm, sicherte ihn, man konnte nicht stürzen, es konnte nichts passieren. Aber Jacob passierte es.

Es gibt so viele Gründe, denkt er, warum er Priester wurde. Der gehört dazu. Der und die Dominikaner. Der und Nazaire. Dass er ihm nun einfällt, entlastet Jacob. Aber nur für einen Augenblick. Bilder überlagern sich, in der Logik, die Bachs Komposition vorgibt.

Nazaire lächelt immer noch durch seine Zahnlücke.

Ewig. Aber irgendwann verschwand auch Nazaire. Das ist das Naturgesetz meines Lebens, denkt Jacob. Die Menschen, die er mag, die ihm wichtig sind, kommen ihm abhanden. Mit Ausnahme von Melchior. Aber selbst Dornbusch geht verloren. Es braucht mehr als einen harten Winter, um den Einmarsch von *Tiefbraun* zu verhindern. Dafür ist kein Gott gut. Er gibt diesen Ort auf.

Sonne der Gerechtigkeit ... Die Melodie taucht seit einigen Tagen wieder auf. Er summt sie vor sich hin. Die ersten drei Strophen kennt er auswendig. Für Raven, denkt er.

Sammle, was sich verirrt ...

Jacob hat die Hände gefaltet und fühlt sich ertappt, als er es bemerkt. Dann wiederholt er die Zeilen.

32

Nazaire kannte andere Lieder. Wenn er mit den Schülern unterwegs war, nahm er seine Gitarre mit. Spielte *Soukous*. Sang, was keiner verstand, aber jeden mitriss. Er hatte Raven beigebracht, wie man die Schlitztrommel aus Holz bearbeiten musste.

„Das ist nicht einfach Musik. Das ist sakral", hatte Nazaire erklärt.

Raven hatte nicht gelacht. Er war ernster geworden, seit Nazaire in der Schule aufgetaucht war. Sie waren Freunde, das war nicht zu übersehen. Auch wenn es niemand aussprach.

Begonnen hatte alles mit dem ersten gemeinsamen Spiel der beiden. Montags trainierte die Schulmannschaft. Nazaire hatte den Sportlehrer, Herrn Lehnen, gefragt, ob er dabei sein dürfe. Etwas helfen. Und Nazaire half. Erst schoss er die beiden Torhüter warm. Seine Bälle landeten strichgenau, wohin er sie haben wollte. Er kündigte sie an. Mecki war kein schlechter Keeper, aber er hielt von den ersten zehn Schüssen keinen. Nazaire lachte, um es danach gnädiger zu machen.

Im Anschluss ließ Lehnen drei gegen drei spielen. Tore aus Hütchen, eng gestellt. Kein Torwart. Schnell war allen klar, worauf dieses Spiel hinauslief. Raven auf der einen, Nazaire auf der anderen Seite. Erst spielten sie gegeneinander, dann spielte Nazaire nur noch mit Raven. Der kam an dem unbekannten Dominikaner aus dem Kongo einfach nicht vorbei. Kein Dribbling zog. Stattdessen verlor er regelmäßig den Ball, den Nazaire dann mit tödlicher Sicherheit bei seinen Mitspielern platzierte oder gleich im gegnerischen Kasten unterbrachte. Es dauerte zehn Minuten, bis Raven zum ersten Mal in Nazaires Beine grätschte. Es zumindest versuchte. Denn Nazaire wich ihm aus, als habe er damit gerechnet. Er ließ Raven ins Leere springen. Zweimal. Dreimal. Raven wurde immer verbissener, es gelang ihm nichts. Dann trat er nach. Herr Lehnen pfiff entsetzt ab. Nazaire lag auf dem Boden, doch er sagte nichts. Er hielt sich nur den verletzten Knöchel, während Raven auf ihn zuging.

„Stell Dich nicht an!", schrie er Nazaire an. „Das war gar nichts."

Für einen Moment schien es, als würde Raven noch einmal treten wollen, er hatte seine Beherrschung vollständig verloren. Noch nie hatte jemand von seinen Freunden Raven so erlebt, den entspannten, freundlichen Sportler, dem es auf Fairness ankam. Aber offenbar gab es auch den Raven, der zu der Grimasse passte, die ihn verzerrte.

Nazaire blickte seinen Angreifer von unten an. Er hatte schon jeden Schlag pariert, der kommen konnte.

„Du hast Recht. Das war gar nichts."

Leise. Ernst. Enttäuscht. Dann hielt er Raven eine Hand hin, um sich hochziehen zu lassen. Zwischen beiden baute sich eine Stille auf, die Jacob aus anderen Momenten kannte, zu Hause. Raven schien nachzudenken, und plötzlich tat er Jacob unendlich leid. Er hoffte, Raven würde die Hand nehmen, den anderen hochziehen, aber der stand nur da. Ein zweiter Pfiff von Herrn Lehnen löste die Spannung.

„Jungs, das reicht für heute. Nächste Woche Montag wieder."

„Du könntest mir helfen, die Hütchen einzusammeln, Raven."

Aber der drehte sich nur um, ging zum Geländer, über

das er seine Trainingsjacke wie zum Trocknen gehängt hatte, legte sie sich lässig über die Schultern und verschwand Richtung Kabinen. Selbst jetzt, geschlagen, gedemütigt, wirkte alles an ihm filigran.

Am nächsten Tag erschien Raven nicht zum Unterricht. Eine Woche fehlte er. Krank, hieß es. Migräne. Grippe. Die Diagnosen wechselten. Niemand durfte in sein Zimmer, er hatte sich selbst weggeschlossen, in eine unbestimmte Haft. Nur dass ihn jemand mit Essen und Trinken versorgen musste.

Am nächsten Montag saß er auf seinem üblichen Platz im Kursraum, als die Ersten eintrudelten. Ganz der Alte: sein Lächeln, die Selbstverständlichkeit seiner gesamten Erscheinung. An diesem Nachmittag konnte man ihn zum ersten Mal gemeinsam mit Nazaire auf dem Sportplatz beobachten. Beinahe jeden Tag seitdem. Irgendetwas war passiert, niemand wusste was. Hatte Lehnen sich bei Raven gemeldet? Hatte er ihn dazu gebracht, sich bei Nazaire zu entschuldigen? Jedenfalls begann Raven, mit Nazaire zu arbeiten, an seiner Schusstechnik zu feilen, an seinem Zweikampfverhalten. Alles neben dem normalen Training. Meist morgens vor dem Unterricht. Es wurde eine Saison, in der sich Raven konsequent verbesserte. Er bekam seine Einsatzzeiten, Einwechslungen zuerst. Im Dezember spielte er zum ersten Mal eine Halbzeit in der Bundesliga durch. Es lief nicht brillant, aber verheißungsvoll. Ein Pass von Raven leitete den späten Ausgleich in einem Match ein, das Borussia eigentlich hätte gewinnen müssen. Der Punkt war zu wenig. Aber das war nicht Ravens Schuld. Es folgten weitere Einwechslungen, und schließlich beorderte ihn der Trainer in die Startelf. Raven machte sieben Spiele in Serie, bis Anfang Mai. Danach spielte Raven nie wieder.

33

Der Husten kehrt zurück, er streut farbige Partikel. Jacob steht mühsam auf. Seine Widerstandskräfte sind aufgebraucht. Beinahe freut er sich auf einen nächsten Fieberschub, auf grundsätzlichen Schlaf. Gleichzeitig will er wissen, was damals und zuletzt mit Raven geschah. Er wankt beinahe zum Ablagekasten neben dem Schreibtisch, in dem er seine Dokumente aufbewahrt: seine *Kiste*. Sie verfügt über zwei rostige Seitengriffe und sieht nach dem Leben aus, das Jacob auf Reisen verbracht hat. Alles liegt unsortiert über- und untereinander, aber er findet, was er sucht: den Taschenkalender mit der richtigen Jahreszahl. Jacob hat nie konsequent Tagebuch geführt, aber seine Notizhefte mit Terminen und Agenden hat er schon seit der Schulzeit nicht weggeworfen. Für die *Cajetaner* gab es zu Beginn des Schuljahres einen roten Kalender, in den Jacob mit seiner soliden Kinderschrift alles eingetragen hat, was anfiel oder anstand. Kryptische Notizen weisen auf Verabredungen hin: Stichworte, Namen. Seine persönlichen Anmerkungen hat Jacob in den jeweiligen Tagesabschnitten mit griechischen Buchstaben verschlüsselt: Lektüren aufgelistet, fragmentarische Gedanken notiert. Aber darauf kommt es ihm im Moment nicht an.

Er beginnt von hinten und blättert in den Mai. Eine Woche nach den mündlichen Abiturprüfungen entdeckt er zum letzten Mal sein schnörkelloses *P.* Ravens *Rho.* Es läuft wie ein roter Faden durch sein letztes Schuljahr. Durch jedes

Jahr, denkt Jacob. Aber Mitte Mai hört es auf. Raven hört auf.

Sie haben sich abends im *Cajetaner* getroffen, der Hausbar, in die nur die Oberstufenschüler durften. Zwanzig Uhr weist der Eintrag aus. Ein Freitag. Der Freitag, nachdem Pater Elias den Schülern mitteilte, dass Bruder Nazaire die Schule aus „persönlichen Gründen", wie er gleich zweimal betonte, verlassen habe. Der Rektor überbrachte den Abiturienten diese Nachricht nach der Bekanntgabe der Prüfungsergebnisse. Alle hatten bestanden. Nur Bruder Nazaire nicht.

Die *persönlichen Gründe* blieben seine Gründe. Keine weitere Erklärung folgte. Jede noch so vorsichtige Nachfrage wies Pater Elias so scharf ab, dass man seiner Stimme entnehmen konnte, wie sehr ihn getroffen haben musste, was vorgefallen war.

Nazaire war weg. Der Dominikaner aus dem Kongo blieb eine Episode in der Geschichte der Schule, des Internats, der Kommunität. Außer für Raven. Das *Cajetan* war seine Welt, die mit Nazaire verloren ging.

Alle vermissten ihn, solange so etwas für junge Menschen auf dem Weg in ihr eigentliches Leben dauert. Man sprach über ihn bei verschiedenen Gelegenheiten, sogar noch bei späteren Abiturtreffen, die Jacob nur selten besuchte und als die matten Zusammenkünfte von Veteranen erlebte. Nazaires Name fiel, aber immer mit dem Unterton einer Enttäuschung. So zu gehen, blieb unverständlich. Egal was passiert war, Nazaire hätte doch die Gelegenheit gehabt, sich zumindest privat zu verabschieden.

Jacob kann dieses Gefühl bis heute spüren, wie es drei Autostunden entfernt mit dem Rauschen der Nordsee noch einmal Bilder erzeugt. Wenige Wochen vor Nazaires Weggang war die Oberprima mit ihm in Holland gewesen. Sie hatten am Strand gelegen, Heineken-Dosen zu labilen Türmen gestapelt und natürlich kein bisschen gelernt. Jacob hatte am letzten Abend mit Nazaire über seine Berufung gesprochen. Über diesen unbestimmten Drang, Priester zu werden. Nazaire hatte ihm lange zugehört, wenig gesagt, abwartend einige Fragen gestellt.

„Lass Dir Zeit. Fang an zu studieren. Mach Theologie. Aber studier auch etwas Anderes, ein zweites und drittes Fach. Wenn Du Priester werden sollst, wirst Du es. Gott lässt sich Zeit mit uns. Gib ihm auch Zeit, in Dir zu wachsen. Du spürst, ob und wann es so weit ist. Was Dein Weg ist. Das kann ein Leben dauern. Aber Gott hat unendlich Geduld mit uns."

Dieses Lächeln, die Zahnlücke. Kein Rat hat Jacob jemals mehr bestimmt. Das Gespräch hat er für sich behalten. Aber als Raven an diesem Freitag haltlos betrunken in Jacobs Armen lag, weinend, und nur wissen wollte, wohin Nazaire war, hatte sich Jacob diesen Satz geliehen. Nazaires Satz.

Er verfolgt ihn seitdem. Seit beinahe einem halben Jahrhundert. Raven hatte ihn mit großen Augen angesehen. Lange, durchdringend.

„Glaubst Du an das, was Nazaire Dir gesagt hat?"

„Ja."

Jacob hatte versucht, möglichst entschieden zu klingen. Sicher.

„Ich bewundere Deinen Glauben."

„Probier ihn."

„Kann man Glauben probieren? Kann man Vertrauen probieren, als ob man vertrauen könnte?"

Jacob hatte Raven verstanden. Er kann die unerbittlichen Tränen bis heute sehen, die Traurigkeit riechen, die Raven einklammerte: der ganze Körper zu einem Fragezeichen verbogen, das sich durch nichts auflösen ließ. Jacob hatte dem Freund über die Wange gestrichen, als mache es etwas besser, wenn er die salzige Glasur wegwischte, bevor sie gerann. Aber Raven hatte seine Hand nur abgeschüttelt, und Jacob schämte sich. Für mehr als nur eine Geste.

Jacob muss wieder an seine feisten Finger auf diesem feinen Gesicht denken. *Gott hat unendlich Geduld mit uns.* Hilft das was? Ihm, dem Priester? Raven, der ein Leben lang auf etwas gewartet zu haben scheint, das unwiderruflich verloren blieb? Ob er nach Nazaire gesucht hat? Er muss ihm geschrieben, Kontakt gesucht haben. Aber was es auch war, es ist mit Ravens Tod endgültig verschwunden.

Jacob steht auf, ein Impuls ohne Gedanke, wie ein Reflex, ein selbstständiger Vorgang seines Körpers, der auf eigene Rechnung die *Verklärte Nacht* einlegt, die er schon vor Tagen hatte hören wollen.

Gott hat unendlich Geduld mit uns. Erst jetzt, als der Satz in der eigenen Schrift vor ihm steht, versteht er ihn wirklich.

Plötzlich meint Jacob noch mehr zu begreifen. Er denkt an Ravens Mappen. An sein Leben im Schatten eines anderen Lebens. Raven hat in seinen Fotografien etwas festgehalten, für das es keinen anderen Ausdruck als die Bilder gab. Sie zeigen etwas, was nichts Anderes als das bedeutet. Jacob dreht seinen Kopf einmal nach links, einmal nach rechts zur Seite, als ließe sich dieser Gedanke einrenken. Aber die Verspannung seiner Nackenmuskulatur löst sich nicht. Vielleicht hält sie ja seinen unförmigen Schädel im Gleichgewicht …

Jacob Beerwein gibt der Gravitation selbsttätiger Einfälle nach. Er bemerkt es. Geschieht immer häufiger, denkt er.

Und dass er es immer nachher bemerkt. Ich lebe nachträglich, denkt er. Und fragt sich, wann er sich wohl endgültig verliert, so wie man sich einmal zu oft verlaufen kann ...

Plötzlich ist er wieder hellwach. Ist genau das eine Spur? Er sucht nach dem Gedanken, den er eben liegen gelassen hat. Er führt in den Schatten und zu einer Tat, die Jacob nicht kennt. Jetzt weiß er es wieder. Ravens Fotos sind mit dem keimfreien Blick eines Apparates geschossen. Er hält alles wie erstarrt fest. *Eiseskälte*, denkt Jacob, und es schaudert ihn, wie sich diese Metapher ausdehnt ...

34

Raven nahm an der Abiturfeier nicht teil. Er blieb weg. Wie Nazaire. Wegen Nazaire. Ravens Form der Solidarität, dachte Jacob, damals, aber er behielt es für sich, weil er dem Verdacht nicht entkam, dass sich hinter der ausgelassenen Feier der Übriggebliebenen ein Stück Feigheit verbarg. Wie ein Rest kamen sie sich vor, sie alle. Vor allem Melchior und er.

Es gab keine Adresse von Raven, wie er kein Zuhause besaß. Auch bei seiner Schwester kam man nicht weiter. Sie verschwand in ihr eigenes Leben, wie Jacob nun weiß. Im Gedächtnis blieb allein *Ravens Abgang*. Einige meinten, er habe einen Profivertrag unterschrieben und es nicht mehr nötig, sein Abi-Zeugnis in Empfang zu nehmen. Aber das glaubten die wenigsten. Das passte nicht zu Raven, der nie arrogant war. Das Geheimnis seines Abgangs bestand darin, dass er für viele eine unantastbare Figur geworden war. Nahezu immer freundlich, zugewandt, hilfsbereit; gleichzeitig auf eine eigene, kaum zu fassende Weise brillant, nicht nur beim Fußball. Er stand für die ernsthaft leichte Möglichkeit zu leben. Er war eine Art Heiliger ohne Gott. Das hatte Jacob sich notiert. Niemand wird diesen sonderbaren Gedanken geteilt haben. Außer Melchior, dem Jacob davon erzählt hatte. Der hatte ihn erstaunt angeblickt und dann ein tieftrauriges *„Stimmt wohl!"* angeschlossen. Das war beim zehnten Bier während ihrer ersten Bonner Feier von *Ravens Abgang* gewesen. Ein Jahr war vergangen. Ein Jahr ohne Raven.

35

Barth ruft erst einige Tage später an. Der Winter macht sich weiter lang, streckt seine Fühler aus, auch wenn er sich auf minus zehn Grad erwärmt. Die Prognosen sehen keinen Neuschnee vor. *Tiefbraun* hilft das nicht. Noch nicht. Barth auch nicht. Sein Raucherhusten ist umgeschlagen, Jacob hört das sofort.

„Hat es Dich nun auch erwischt?"

„Hast mich angesteckt."

„Übers Telefon?"

„Jeder Kontakt mit Dir ist gefährlich. Ich habe das mal überschlagen. Es gibt erstaunlich viele Tote in Deiner Umgebung."

„Du denkst an M?"

„An M und seinen Friedhof und an einiges mehr."

Jacob geht es offensichtlich besser als Barth. Er findet wieder Vergnügen an solchen Gesprächen. Obwohl sein Fieber noch verrückt spielt. Einen Tag fällt es, am nächsten steigt es auf über 38,5. Vielleicht hat sich sein Körper an die Gesellschaft von Charlotte Haverkamp gewöhnt. Doch sie ist nicht wieder eingezogen. Früh morgens, wenn er sonst seinen Spaziergang macht, sieht er sie manchmal von der Bibliothek aus mit ihrem Landrover durch den Schnee rasen. Von Weitem verfolgt er die überhellen Lichter der hohen Wagenfront, als suchten sie etwas.

Im Sommer ist er der Haverkamp einmal auf einem seiner seltenen Ausflüge mit dem Rad begegnet, spät abends. Jacob hatte sich den Anstieg von Markandern hoch gequält und wollte seiner Fits auf der Abfahrt nach Dornbusch freie Fahrt lassen, als ihm der Landrover in einem Höllentempo entgegenkam, die Scheinwerfer aufgeblendet – eine breite Leiste Licht. Im Vorbeifahren erkannte er Charlotte Haverkamp am Lenker. Sie hupte einmal, wie zur nachträglichen Warnung, fuhr aber ungeniert weiter. Ob sie ihn nicht erkannt hatte? Jacob erinnert sich an den elektrischen Schauer Angst, bevor ihn glatte Wut packte: die chemische Empörung seines Körpers über schiere Rücksichtslosigkeit. Doch in einem Menschen wie Jacob verliert sie sich schneller, als es ihm selbst manchmal lieb ist. Am Ende vergisst er. Jacob ist nicht der Mann, das Geschehene mit einigen Tagen Verspätung anzusprechen. Zu sehr schämt er sich über das, was sich da in ihm ausgeschüttet hat.

Heute steht Jacob wieder früh auf. Er verlangt sich das ab. Dazu gehört auch, die Laudes zu beten. Jacob hat Angst, seinen Rhythmus zu verlieren, in seinem Bett liegen zu bleiben. Manchmal wünscht er sich nichts Anderes. Pünktlich um acht Uhr betritt Frau Haverkamp das Pastorat. Sie hat Brötchen und frische Eier besorgt, die Jacob wieder essen kann.

Aber nicht sie spricht mit ihm. Jacob wacht aus seiner kurzen Absence auf. Wie lange solche Ausfälle dauern, fragt er sich, und ob das Anzeichen für das sind, was ihm bevorsteht.

„Jedenfalls komme ich nicht weiter mit den Fällen."

Barth muss etwas berichtet haben, an das sich Jacob nicht erinnert. Nachzufragen erscheint ihm unhöflich. Er sucht nach einem Anschluss.

„Beerendonk bleibt auch abgetaucht, und was den Jeep angeht, hat sich nichts Konkretes ergeben. Die Reifenspuren waren nicht so eindeutig wie gedacht."

„Aha."

Jacob gibt ein Lebenszeichen. Barth soll wissen, dass er zuhört.

„An der Stelle parkt sonst niemand. Berndaner stellt da manchmal seinen Wagen ab, wenn er in den Wald muss. Aber mindestens zwei weitere Wagen haben dort an dem Tag auch gestanden."

Barth seufzt, bevor er hustet.

„Mir bleibt nichts Anderes übrig, als erst einmal alles liegen zu lassen. Muss für eine Woche ins Krankenhaus."

Jetzt ist Jacob hellwach.

„Was soll das denn heißen?"

„Nichts Gravierendes. Routine. Behauptet mein Arzt. War schon länger vereinbart. Ich bekomme im hohen Alter die Mandeln raus."

„Ist nicht wahr."

„Und auch nicht ganz lustig. Man prophezeit mir ein paar unruhige Nächte."

Jacob hat von Fällen gehört, die mehr als nur unruhig verliefen, aber das dürfte Barth selbst wissen.

„Warum ich eigentlich anrufe. Ich habe alles für das Begräbnis erledigt. Wir müssen nur einen Termin festlegen. Passt Dir Freitag nächster Woche?"

Kein Termin passt Jacob, aber er denkt an Ravens Bitte. Ruhe, denkt Jacob, ewige Ruhe. Ihm fällt die unendliche Geduld Gottes ein.

„Freitag dürfte gehen."

„Wirklich?"

„Die Verfallsfrist für meine Grippe ist dann abgelaufen. Mehr als zwei Wochen sind nicht vorgesehen."

„Und daran hält sich Bruder Leib?"

„Das werde ich ihm schon mitteilen."

„Ich werde nicht dabei sein können.“

„Schon klar.“

„Der Bestatter meldet sich bei Dir. Wir haben sogar eine Sondererlaubnis für eine Grabstelle auf dem Dornbuscher Friedhof erwirkt.“

„Wie hast Du das geschafft?“

„Habe ich erwähnt, dass ich nach so vielen Dienstjahren ...“

„Ich erinnere mich ... Erpresserische Kenntnisse ... Alles Gute für Dich!“

„Danke. Und wenn ich wieder auf dem Damm bin, würde ich gerne alles noch einmal mit Dir durchgehen. Vielleicht ist Beerendonk bis dahin aufgetaucht. Am 1. Mai beginnt mein Ruhestand. Ich möchte den Fall nicht ungelöst an meinen Nachfolger übergeben.“

„Am Tag der Arbeit gehst Du in Pension.“

„Nichts als Zufall.“

Der Zufall zuckt auf Jacobs Schläfen nach. Und dahinter. Es existiert ein eigenes Areal dafür. Dort macht sich ein Gedanke auf den Weg. Bricht seitlich aus. Er nimmt Jacob endgültig aus dem Spiel. Barth hält noch einen Moment die Leitung, schließlich beendet er das Gespräch.

„Ich melde mich dann wieder.“

Jacob wartet noch. Wartet. Überlegt. *Zufall.*

„Zufall nennen wir, was nichts als Mangel an Gründen bedeutet.“

Dieser Satz aus seiner ersten Metaphysik-Vorlesung ist hängengeblieben. Der kauzige Gottesbeweiser, der freitags um achtzehn Uhr im überfüllten Hörsaal X las, verfügte über entschiedenes Wissen. Er schielte so stark, dass er mit seinem Blick jeden erreichte. Jacob wusste nie, wohin er schauen sollte. In der Prüfung wäre er mit seiner Skepsis beinahe durchgefallen.

Nichts als Zufall ...

Jacob beschließt, Pater Elias anzurufen. Nach dem Frühstück.

36

Jacob leistet sich eine dritte Scheibe Schwarzbrot und schmiert die hausgemachte grobe Leberwurst von Frau Haverkamp großzügig auf. Sein robuster Magen verträgt wieder alles. Der Rest des Körpers konzentriert sich auf andere Widerstände. Die Aussicht auf den Anruf bei Pater Elias beschäftigt Jacobs Puls. In einem Altersheim bei Berlin versteckt sich eine Erinnerung. Jacob denkt an seinen alten Rektor, und ihn packt die Angst, dass er mit dem nächsten Telefonat einen weiteren Menschen verliert.

Seit mehr als einem halben Jahrhundert beichtet Jacob bei dem alten Dominikaner, inzwischen per Telefon, was nicht legal ist, kirchenrechtlich gesehen. Aber das interessiert sie beide nicht. Einmal im Jahr ruft Jacob an. Mehr oder weniger anlassbezogen. Sein Bedarf hat abgenommen. Dabei tun ihm die Gespräche mit Pater Elias gut. Jacob kennt keinen besseren Zuhörer, keinen genaueren Beobachter. Pater Elias bringt Menschen dazu, über das zu reden, was sie bedrängt. Sich selbst nimmt er zurück. Jacob erinnert sich an Gespräche, in denen nur einzelne Sätze gesprochen wurden. Elias wartet auf die Menschen. Und er ist diskret.

Vielleicht zu sehr, denkt Jacob jetzt. Als Jacob ihm seinen Entschluss mitteilte, Priester zu werden, unternahm er einen letzten Versuch und fragte nach den Vorgängen um Nazaire. Aber der Rektor ließ auch jetzt nichts aus sich herauslocken. Es gebe nicht mehr zu sagen, als er mitgeteilt habe. Nie zuvor hatte Jacob diesen einfühlsamen, abwägenden Mann so abgewandt erlebt, so unnachgiebig. Jacob meinte eine hintergründige Bitterkeit zu spüren, unter der Pater Elias litt, aber das war seine persönliche Angelegenheit. Jacob hielt sich daran.

Mit Ravens Tod gilt diese Verabredung nicht mehr. Er muss verstehen, warum sich Raven in seiner Welt eingeschlossen hat. Dass Ravens Abgang mit Nazaires Verschwinden zusammenhing, war für Jacob immer klar. Nicht nur vom zeitlichen Ablauf her. Die meisten Mitschüler hatten die Freundschaft mitbekommen, die sich zwischen den beiden entwickelt hatte. Vor allem die *Cajetaner* aus ihrem Jahrgang: Beerendonk, Schiller, Gutwein und der massive Ernesti wussten, wieviel Zeit die beiden miteinander verbrachten. Dass sie miteinander die Bücher lasen, die Nazaire vorschlug. Dass sie gemeinsam trainierten. Dass sie auf Feten häufig als letzte gingen. Nazaire war in diesen Monaten ein entscheidender Bestandteil von Ravens Leben geworden. Für Melchior und Jacob bedeutete das, den Freund immer seltener zu sehen. Und dann verschwand er. Melchior in seinem Rollstuhl und Jacob mit seinem Glauben blieben zurück. Ohne Erklärungen. Mit Spekulationen im Gepäck.

Über Ravens Abgang legte sich eine narbige Kruste Zeit. *Winternacht aus Vergessen.* Meint Jacob irgendwo gelesen zu haben, aber er erinnert sich nicht wo. Er erinnert sich nicht einmal, wann sich Raven auflöste. Wann er das letzte Mal an ihn gedacht hat. Wann er ihn aufgegeben hat. Wann Raven in ihm gestorben ist.

Jacob fasst einen Entschluss. Er kann Raven nicht ins Dunkel begraben. Er betrachtet es als Verrat. Was mit seinen Mördern geschieht, liegt nicht in seiner Hand. Dieser Teil der Geschichte bleibt Barth überlassen. Der an einen Zufall glaubt, dem er nicht traut. Aber um die Vorgeschichte muss Jacob sich kümmern. Weil er es kann.

Der Kaffee ist kalt geworden, eine teerige Flüssigkeit klebt auf dem Boden der Tasse. *Der Satz vom Grund*, fällt Jacob überspannt ein, und er fragt sich, was man darin lesen könnte. Den Rest des Frühstücks schiebt er zur Seite. Er greift nach seinem Handy. Die Nummer von Elias steht unter *Favoriten*. Jacob prüft die Uhrzeit. Neun Uhr. Nicht zu früh. Bei einem alten Mann kann man anrufen.

Aber der meldet sich nicht. Stattdessen eine Verwaltungsstimme. Jacob erschrickt. *Nicht auch noch Elias. Nicht jetzt.* Angst als Stoßgebet.

„Ich möchte bitte Pater Elias sprechen."

„Ich verbinde!", sagt die Stimme wie man schwarzen Tee durchs Sieb gießt. Nicht anders klingt Pater Elias, vielleicht erstaunter.

„Jacob?"

Jacob geht nicht darauf ein. Die Tage der Freundlichkeit liegen hinter ihm.

„Ich habe Nazaire gesehen."

Der Doktor der Theologie Elias Schameit hält jede weitere Begrüßungsformel zurück.

„Nazaire?"

Der Name verkapselt etwas. Jacob denkt unvermittelt an ein Geheimnis, das Elias bewahrt, weil er es versprochen hat.

„Er lächelt noch immer aus seiner Zahnlücke."

Er will, was er zu sagen hat, so bitter sagen, dass alles danach schmeckt.

„Nur schade, dass er so tot ist."

Wem auch immer das Gelübde dieses Dominikaners gelten mag, er kommt direkt nach Gott. Denkt Jacob, und ihn entlastet, was tief böse aus ihm heraussickert.

„Das war schon eine Überraschung. Ich hatte ihn beinahe vergessen. Und dann passiert dieser komische Zufall. Man schlägt Raven Richards tot, und ich sehe etwas später einen Film, in dem Nazaire auftaucht. Selbstverständlich auch tot. Glauben Sie an Gespenster, Pater Elias?"

Er rührt sich nicht, aber seine Kraft reicht auch nicht, um einfach aufzulegen.

„Raven ist tot? Raven?" Beim zweiten Mal klingt der Name des toten Freundes untröstlich.

„Ja. Einfach totgeschlagen."

Als ginge das *einfach*, wendet Jacob gegen sich selbst ein. Er versucht sich den alten Priester vorzustellen, der am anderen Ende der Leitung auf einer abgründigen Wahrheit sitzt. Da lässt Jacob ihn nicht raus. Pater Elias atmet tief aus. Für Jacob klingt es fast wie ein Geständnis.

„Soll ich Ihnen erzählen, was mit Nazaire geschehen ist?"

„Das weiß ich selbst."

Schlimme Vokale ziehen einen Strich durch die Zeit. Die Farben dieses Lebens bilden eine finstere Masse. Wie hat Jacob das übersehen können?

„Nazaire ist bei einem Unfall ums Leben gekommen."

Der Satz sinkt, er findet keinen Grund in einer Stimme, die aufgeben will. Aber Jacob ist zu Härte entschlossen.

„Ist er nicht."

Pater Elias atmet erneut aus, diesmal, als suchte er nach Jacobs Namen, nach einem Anhaltspunkt.

„Was soll das heißen?"

„Dass es kein Unfall war. Dass Nazaire starb, weil er verraten wurde."

„Was meinst Du damit?"

Verraten, denkt Jacob. Das Wort macht etwas.

„Nazaire war im Untergrund. Jemand aus seinem Umfeld hat seinen Aufenthaltsort verraten. So einfach ist das.

Aber er wurde auch vorher schon verraten. Ohne diesen Verrat wäre er nie dort gelandet."

Der Pater hört auf etwas, das kein Echo braucht.

„Das hat Nazaire selbst gesagt. Man hat ihn in einem Interview gefragt, ob er Angst vor Mobuto habe. *Ich habe Angst vor der Angst. Angst kann verraten.*"

Das Gespenst wendet den beiden Männern seinen Rücken zu, ein langsames Geräusch direkt unter dem Kehlkopf.

„Es ist anders."

Elias sagt nicht *komplizierter*. Er will nicht nach Entschuldigung riechen. Dieser alte Mann mag ihn überleben, denkt Jacob, aber nicht seine Wahrheit.

„Nazaire ist 72 zurück. Er hat den Orden verlassen. Er hat darum gebeten, dass alles, was ihn zu diesem Schritt bewegt hat, zwischen ihm und seinem Oberen blieb."

„Dieser Obere waren Sie."

„Ja. Und ich habe zugestimmt. Um ihn zu schützen. Aber nicht nur ihn."

„Und dann?"

„Ich kann nicht viel sagen. Nazaire ging zurück in seine Heimat. Ihr habt das damals nicht gewusst, aber er stammte aus einer vermögenden Familie. Er hatte nach seinem Leben im Orden noch alle Möglichkeiten."

Pater Elias räuspert sich.

„Außerdem war er in Zaire ziemlich prominent. Ein Fußballer."

„Bitte?"

„Ja. Nazaire hat während seines Studiums in der ersten Liga gespielt. Da unten."

Da unten.

„Er hat sogar einige Länderspiele absolviert. Zumindest hat das ein Mitbruder später behauptet."

Jacob staunt. Nazaire hatte das nie auch nur angedeutet. Ob Raven es wusste?

„Ich kenne mich damit nicht aus, das hat mich nie interessiert. Ich erwähne das, weil es irgendwie zu der ganzen Geschichte gehört. Hat ihn und Raven Richards wohl verbunden."

Wie kalt dieser gütige Mann sein kann, denkt Jacob, der noch einen Abschied nehmen muss.

„Einige Monate später kam dann die Nachricht, dass Nazaire kurz nach seiner Rückkehr diesen Unfall hatte."

Jacob schüttelt sich. Eine fremde Wut macht von ihm Gebrauch.

„Das stimmt nicht. Nazaire ist erst Jahre später ums Leben gekommen. Man hat ihn umgebracht. Erschossen, am Ende …"

„Am Ende? Was soll das heißen?

„Mobuto selbst hat sich um ihn gekümmert. Es scheint ihm wichtig gewesen zu sein. Man hat Nazaire gefoltert. Er war nicht der Einzige."

Pater Elias scheint nach etwas zu suchen, vielleicht nach Luft, er atmet schwer.

„Woher weißt Du das?"

„Ein Zufallsfund. Ein Film über die Kongo-Kriege. Eine Reihe von Fotografien ermordeter Oppositioneller in einer Dokumentation. Nazaire war darunter. Seine Zahnlücke."

„Mein Gott."

Aus dem Schweigen, das folgt, macht Jacob kein Gebet.

„In diesen Film ist ein altes, schlecht erhaltenes Interview eingeschnitten. Mit Nazaire. Wenn er als Fußballer in Zaire so bekannt war, verstehe ich natürlich, warum man ausgerechnet ihn interviewte. Mein Französisch ist nicht gut, aber was ich verstanden habe, klang sehr entschieden. Radikal.

Das war nicht mehr Nazaires Stimme. Abgrundtiefer Hass brach aus ihm durch. Er kündigte die *Beseitigung* des Menschenschlächters Mobuto an. Man werde mit ihm machen, was er Mulele angetan habe. Das war nicht der Nazaire, den ich kannte."

Das Telefon macht ein Geräusch, aber die Leitung steht noch. Jacob schaut ins Leere, in leere Welt, Schnee überall, nur Schnee.

„Dann stellte die Stimme aus dem Off diese Frage. Ob er Angst habe. Und Nazaire sagte seinen Satz. *Angst kann verraten.* Das war der Nazaire, an den ich mich erinnere. Dieses sanfte Lächeln. Nur dass er schrecklich einsam wirkte. Verlassen … Ich glaube, er meinte mehr als nur das, was er gerade politisch erlebte. Er dachte an etwas aus seiner Vergangenheit. Aus seinem Leben. Etwas, was Sie verstehen, Elias."

Noch nie hat Jacob den alten Direktor einfach beim Vornamen genannt. Er reißt etwas ein.

„Du meinst, es sei meine Schuld?"

Jacob lässt der Frage Zeit. Sie dehnt sich aus.

„Elias, warum musste Nazaire gehen? Und was ist damals mit Raven geschehen?"

Fast erleichtert schluckt der Pater seine eigene Frage herunter.

„Ich kann nichts sagen. Nazaire ging, weil er gehen wollte."

„Aber warum war Raven damals so außer sich? Es muss etwas passiert sein, das mit Nazaires Verschwinden zu tun hat."

„Ich kann nichts sagen."

„Nazaire ist tot. Raven ist tot. Ich muss ihn am Freitag nächster Woche beerdigen. Ich muss etwas sagen. Ich kann ihn nicht diesem Tod aus Schweigen nach einem Leben überlassen, das er offensichtlich nie wirklich leben konnte."

Jacob lässt einige Sekunden, bis dieser Satz ankommt, in einem Zimmer, das er sich klausurhaft vorstellt. Karg möbliert.

„Wissen Sie, wie Raven gelebt hat? Er hat sich in Markandern in einer winzigen Wohnung eingeschlossen. Ohne Kontakte, ohne Freundschaften, wie es den Anschein hat. Aber er hat Fotos von Beerendonk geschossen. Hat sein Leben dokumentiert. Hat ihn …"

Jacob sucht nach dem richtigen Ausdruck.

„Hat ihn regelrecht verfolgt."

„Wen?"

„Sie haben richtig gehört."

„Unser Beerendonk?"

Jacob nickt in den Hörer hinein. Er kann es selbst kaum glauben.

„Raven hat auf seinem Laptop ganze Serien von ihm gespeichert. Nicht nur von ihm. Er ist so etwas wie ein Archivar der Stadt geworden. Hat Menschen aufgenommen, festgehalten."

„Beerendonk …"

Der Pater atmet schwer.

„Ich bin müde, Jacob. Ich bin müde."

„Pater Elias?"

Jacob ruft es ihm zu spät hinterher.

177

37

Schräg fällt der nächste Schnee. Er macht jeden Tag gleich. Die Welt hat sich nicht geändert, als sich Jacob wieder auf seine Runde macht. Er hustet kaum noch, das Fieber ist endgültig gewichen. Die letzten Tage hat er sich geschont, ging bloß eine halbe Stunde, das gemütliche Tempo eines Rekonvaleszenten. Die Eiseskälte tut ihm gut. Sie tanzt auf der Nasenspitze. Heute gelangt er bis zum Weiher. Kinder haben mit ihren Schlittschuhen die Eisplatte gekerbt. Selbstgezimmerte Eishockeytore stehen am Rand, bewacht von mächtigen Schneemännern. Die Weihnachtsferien wurden verlängert, weil die nächste Kaltfront heranzieht. Erste Prognosen sprechen von einem Winter, der bis in den März reichen könnte. Hat es alles schon gegeben, denkt Jacob, der die Geschichten des Vaters im Ohr hat.

An der Baumgrenze meint er ein einzelnes Reh zu entdecken, das sich scheu zurückzieht, als Jacob einen Schritt in seine Richtung macht. Es verschwindet im sicheren Unterholz. Schwere Zeiten für das Wild. Aus einiger Entfernung kommt ein Wagen heran. Schnee stiebt auf, loses Material aus wenig mehr als Luft. In der Kurve scheint der Fahrer die Kontrolle zu verlieren, eine dunkle Masse rutscht auf Jacob zu. Im Gegenlicht erstarrt die Szene. Dann springt Jacob zur Seite, rutscht aus und landet im Schnee. Sein Gewicht drückt ihn tief ein, er strampelt wie ein Kleinkind, bis ihn eine Hand herauszieht.

„Tut mir leid."

Charlotte Haverkamp. Jetzt weiß Jacob, was Melchior früher so beunruhigend an ihr fand.

„Das ist lebensgefährlich, wie Sie fahren!"

Jacob empört sich. Beinahe. Feiner Schnee rutscht den Nacken herunter. Er schüttelt sich, aber nicht genug.

„Und dann diese, diese Dinger!"

Jacob zeigt hin.

„Die Lazerlamps? Ich weiß. Tut mir leid. Muss sie mal einstellen lassen."

Und endlich den Führerschein machen. Aber das denkt Jacob nur.

„Kommen Sie, Herr Pfarrer. Sie sind ja ganz weiß. Ich fahre Sie nach Hause. Sonst holen Sie sich die nächste Erkältung."

Jacob leistet keinen Widerstand. Sein Ausflug ist zu Ende. Ton und Inés van Breijden hat er nicht getroffen. Frau Haverkamp setzt Jacob vor dem Pastorat ab, fährt aber gleich weiter. Während der Fahrt haben sie nicht gesprochen. Jacob ist übler Stimmung. Er muss Raven in zwei Stunden zu Grabe tragen.

Seine Wohnung ist angenehm geheizt, er nimmt eine heiße Dusche und setzt sich vor seinen Mokka. Eine Tasse. Mehr nicht. Das Frühstück verschiebt er. Vor dem Requiem verspürt er keinen Appetit.

Als es viertel vor neun schlägt, geht er in die Kirche. Frau Haverkamp ist rechtzeitig zurück, sie hat das Totengeläut bereits in Gang gesetzt. Jacob lässt sich von ihr beim Anziehen der liturgischen Gewänder helfen. Früher vermittelten sie ihm eine gewisse Sicherheit, heute fühlen sie sich eng an. Nicht nur wegen seines Gewichts, schätzt er.

„Ist jemand gekommen?"

Jacob möchte nicht selbst aus der Sakristei gehen und

nachschauen. Er findet das indiskret, aber es interessiert ihn doch.

„Herr M hat sich bringen lassen. Ein einzelner Mann sonst noch, in der letzten Reihe."

„Keine Frau?"

Frau Haverkamp schaut ihn ausdruckslos an.

„Niemand."

Ravens Schwester ist wirklich nicht gekommen. Jacob hatte noch ein wenig darauf gehofft. Für Raven. Auch wenn er nicht weiß, was das geändert hätte. Trotzdem hat Jacob den Termin an Corinne gemailt, ohne eine Antwort zu erhalten. Dafür findet sich Beckmann ein. Sie haben einige Lieder verabredet. Der alte Organist setzt mit einer ruhigen Improvisation ein, als Frau Haverkamp in ihrem schwarzen Talar die melancholische Glocke bedient, mit deren Schlag Jacob Beerwein und seine Ministrantin einziehen.

Vor dem Altar geht Jacob schwer in die Knie, beinahe schwankt er. Ravens Urne hat Frau Haverkamp vor einem Blumengesteck platziert, unter dem Kreuz. Die unkörperliche Nähe des toten Freundes erschüttert Jacob. Aber er findet sein Gleichgewicht und tut, was er zu tun hat. Er schlägt das Kreuzzeichen, als poche er an. Dann begrüßt er die Gemeinde der drei Aufrechten, von denen einer Melchiors Physiotherapeut ist. Den Mann in der letzten Reihe kann Jacob nicht identifizieren. Ein Angehöriger? Darauf verlässt er sich nicht. Jacob hält sich an das Formular. Korrigiert gelegentlich Wendungen, die ihm zu pathetisch erscheinen, macht es dann frei und überlässt Raven ansonsten dem Gang der liturgischen Dinge. Das Evangelium folgt seiner eigenen Logik. Man bringt die Kranken und Besessenen zu Jesus. Der treibt Dämonen aus. Von den namenlosen, ungebändigten Dämonen Ravens spricht Jacob. Und dass er die Hand nicht gefunden hat, die ihn aufrichten konnte. Aber dass er selbst seine Hand im Tod gereicht hat. Dass er dieses Requiem wollte. Einen Ort im Tod, ein Grab. Wo Gott ihn finden kann, behauptet Jacob, und jetzt glaubt er so stark, dass er mit dem Gottesdienst und dem, was folgt, an ein Ende kommt.

Charlotte Haverkamp assistiert zuverlässig. Sie trägt die Urne. Es ist eine kleine Prozession, die den Weg zum Grab auf sich nimmt. Jacob spricht zu dem komprimierten Rest eines Menschen, den ein Angestellter des Friedhofsamtes in das quadratische Grabgelass einführt. Raven verschwindet in der Erde. Schnee legt sich auf ihn.

Zwischen den einzelnen Flocken, die sich vom Himmel verirren, tritt auch der Fremde an das Grab und wirft Raven einen Tannenzweig hinterher. Vielleicht auch ein Gebet, sicher einen Gedanken, denn er braucht länger für seinen Abschied als die anderen. Als er sich zurückzieht, bemerkt Jacob, dass er hinkt.

Den Schlusssegen spricht Jacob in alle Richtungen, auch nach unten. Dann geht er noch einmal in die Knie, diesmal vor dem toten Freund, den er ein Menschenleben lang nicht mehr gesehen hat. Wieder kommt er nur schwer hoch. Melchior raunt ihm aus seinem Rollstuhl etwas zu, das Jacob nicht versteht.

„Beerendonk.“

„Bitte?“

„Das ist Beerendonk.“

Jacob schaut dem Mann hinterher, der den Friedhof, auf einen Stock gestützt, verlässt und sich auf den Mercedes zubewegt, der vor der Kirche parkt. Dort bleibt er stehen, bis Jacob ihn erreicht.

„Was machst Du hier?“

„Abschied nehmen."

Beerendonk nimmt seine Brille ab, als könne er ohne sie klarer sehen.

„Wir müssen reden."

38

Beerendonk mag keinen Kaffee. Jacob bietet ihm einen Earl Grey an, den er aus einem Fertigbeutel brüht. Frau Haverkamps eiserne Reserve. Das muss reichen. Dem Mann, der am Esstisch sitzt, scheint das egal zu sein. Jacob hat ihn nicht nach oben gebeten.

„Warum bist Du gekommen?"

Der Holzstuhl ist hart, ohne Unterlage. Beerendonk findet nicht die richtige Position. Er rutscht nach vorne, nach hinten, ohne sich anzulehnen. Vielleicht würde er gerne sein lädiertes Bein ausstrecken, aber das wagt er wohl nicht. Dann steht er auf. Sein finsterer Anzug ist entschieden zu weit.

„Das Bein. Entschuldige bitte. Schmerzt manchmal."

Jacob beobachtet den Mann, den Barth verdächtigt, Ravens Mörder zu sein.

„Setz Dich."

Jacob ist überrascht von seiner Stimme. Beerendonk gehorcht.

„Warum bist Du gekommen?"

„Um Abschied zu nehmen."

„Wovon?"

„Von Raven selbstverständlich."

Beerendonk sucht in Jacobs Gesicht nach dem Hintersinn der Frage.

„Hast Du ihn in letzter Zeit mal gesehen?"

Beerendonk stößt etwas aus, das wie ein Lachen klingen könnte.

„Eher umgekehrt."

Jacob fragt nicht nach.

„Raven hat mich beobachtet. Seit vielen Jahren. Ich weiß nicht, wann ich es zum ersten Mal bemerkt habe. Irgendwann stand er an einer Supermarktkasse einige Schritte hinter mir. Dann tauchte er vor unserem Haus auf. In unregelmäßigen Abständen. Er tat nichts. Stand da. Wartete. Ging."

Eine Stirnfalte Zorn setzt sich ab. Beerendonk hat sie rasch im Griff.

„Meine Frau bekam es irgendwann mit der Angst. Wir haben die Polizei eingeschaltet. Da wusste ich noch nicht, dass es Raven war. Wenn ich versuchte, ihn zu stellen, verschwand er sofort. Auf der Wache in Markandern ahnte man, um wen es sich handelte. Aber sie konnten nichts unternehmen. Man forderte ihn zwar auf, die Leute nicht zu belästigen, aber da er nie etwas sagte, nie jemand zu nahe kam, gab es juristisch keinen Spielraum."

Wieder dieses stoßartige Lachen, nicht heiser, aus medizinischer Sicht beunruhigender.

„Das ging ein paar Jahre so. Inzwischen wusste ich, dass es Raven war. Wo er wohnte. Ich passte ihn einmal ab, wollte mit ihm reden. Doch er sah durch mich hindurch. Ich schrieb Briefe, ohne eine Antwort zu erhalten. Schließlich drängte mich meine Frau dazu, umzuziehen. Unser Bungalow war ohnehin zu groß geplant. Die Kinder, auf die wir gehofft hatten, bekamen wir nie. Also stießen wir das Objekt ab und kauften eine Dachterrassenwohnung im Grewe-Gelände. Marga fühlt sich dort sicherer. Unbeobachtet."

Jacob interessiert, ob sich Beerendonk verrät. Ob er etwas von den Fotos weiß. Aber seine Miene deutet nichts an.

„Trotzdem war Raven nicht weg. Er war ständig da. Wie eine Warnung, im Hintergrund. Ich wusste nie, wann genau er uns beobachtete und wann ich mir bloß etwas einbildete. Aber manchmal bemerkte ich ihn."

Beerendonk gleitet ab, in einen benachbarten Gedanken. Lächelt, düster, während Jacob das Bild sieht, das der Anwalt zeichnet.

„Warum sollte Raven Dich beschattet haben?"

Für die Antwort braucht Beerendonk sein Lächeln nicht mehr.

„Raven führte, soweit ich das beurteilen kann, ein ziemlich einsames Leben. In Markandern genoss er eine, wie soll ich sagen: finstere Prominenz. Er lebte wie eingeschlossen. Man nannte ihn die *Fledermaus*. Er beobachtete Menschen. Stand in dunklen Ecken …"

Die Stimme des Erzählers nimmt die Orte auf, aus denen diese Geschichte besteht. Nimmt Jacob Beerwein mit, ob er will oder nicht. Er kennt diese Ecken.

„Ich habe einmal gesehen, wie Raven angepöbelt wurde. Jugendliche. Einer schlug ihm einfach ins Gesicht. Mit der Faust. Raven hatte auf einer Parkbank gesessen. Nur geguckt. Nichts getan. War bloß da. Manche Leute konnten seine Gegenwart nicht ertragen."

Beerendonk holt Luft, wo sich zu wenig befindet.

„Ich wollte dazwischen gehen, aber mir fehlte der Mut … Du hast mich vorhin gefragt, warum ich gekommen bin. Um mit Dir zu sprechen. Um reinen Tisch zu machen. Um zu beichten."

„Beichten?"

„Keine Sorge. Ich glaube nicht an Gott. Zumindest nicht an Absolution. Eher an Gerechtigkeit."

„Und das als Jurist?"

Den Einspruch lässt sich Jacob nicht nehmen.

„Du bist gut informiert. Ja, gerade als Strafverteidiger.

Mehr Gerechtigkeit kriegen wir nicht, und wenn, nur auf Wegen, die ich gefährlicher finde als das, was unsere Verfahren offen lassen … Aber das ist nicht mein Punkt, zumindest heute nicht."

Klingt nicht nach einem Kandidaten für Selbstjustiz, denkt Jacob.

„Hast Du Zeit?"

Jacob nickt.

„Gut. Denn ich muss etwas ausholen."

Beerendonk entwirft einen Plan, denkt Jacob, während sich der Anwalt mit seinem Tee beschäftigt.

„Ehrlich gesagt, der ist ungenießbar."

Jacob nickt nicht, er wartet.

„Die Kanzlei, die ich heute führe, gehörte meinem Vater. Ursprünglich sogar meinem Großvater. Familientradition, äußerst ehrwürdig. Man baut über Generationen Kontakte auf."

Wohin will er, fragt sich Jacob. Er hätte gerne einen Zeugen, fällt ihm ein. Für das, was sich hier gerade abspielt. Was Beerendonk ihm mitteilen wird.

„Seit vielen Jahren bestanden geschäftliche Kontakte zur Familie Richards. Als Ravens Eltern nach Deutschland umsiedelten, zog mein Vater einige Fäden. Er war es auch, der das *Cajetan* empfahl, als die Probleme mit Raven zunahmen."

„Probleme?"

„Ravens Vater war sehr autoritär. Ein harter, strenger Mann. Raven hatte einen natürlichen Widerstandsgeist. Ich kenne einige Details. Ravens Vater schlug ihn. Ohne Erfolg. Irgendwann entschied er sich für ein Internat. Raven sollte weg. Mein Alter schlug das *Cajetan* vor. Beste Erfahrungen und so."

Beerendonk bricht mit zwei Fingern einer Erinnerung das Genick.

„Dort trafen wir uns, aber das weißt Du ja."

Jacob hört, was er hören muss. Die Küche kühlt aus, dabei läuft die Heizung schon auf Anschlag, doch es ist nun zu spät, nach oben zu gehen. Draußen wirbeln neue Flocken auf und legen einen milchigen Film auf die Fenster.

„Im *Cajetan* wurde nichts leichter für Raven. Für niemand von uns. Aber wir hielten zusammen. Es war wie eine Verabredung. Jeder musste seine eigene Geschichte überleben. Und das ging am besten gemeinsam."

Das Lächeln, das Beerendonks mehliges Gesicht bildet, holt etwas nach.

„Selbst für mich gab es Platz. Für den Krüppel."

„Das hat nie jemand von uns gesagt."

„Eben."

Jacob muss nicht nachdenken.

„Raven bildete unseren geheimen Mittelpunkt. Wir bewunderten ihn, glaube ich, weil jeder spürte, dass er etwas ertrug, was er für die anderen mit einem Lächeln in etwas Leichteres verwandeln konnte. Ich weiß nicht, ob Du Dich daran erinnerst, dass ich früher etwas gestottert habe. Nicht viel, nicht immer, aber wenn ich nervös war, konnte es schlimm werden. Einmal hat mich der Landser an der Tafel vorgenommen."

„Holmann."

Jacob spürt die Verachtung, die sich in Beerendonk eingegraben hat. Menschenverachtung, die an einem Namen haftet. Wie verachtet man Verachtung? fragt sich Jacob Beerwein, auf seiner Seite des Tisches.

„Hat sich Zeit genommen. Silbenweise. *Pronounciation.* Warf mir *tongue twisters* zu. Beobachtete, wie sie auf den

Boden fielen. Hob sie auf, schob sie mir in den Mund, fütterte die Klasse mit seinem Grinsen. Bis Raven aufstand. Einfach stehen blieb. An seinem Platz. Es dauerte einen Moment, bis der Landser bemerkte, was vor sich ging. Aber da stand schon ein zweiter, Melchior, die Hände auf seinen Tisch gestützt. Am Ende saß niemand mehr."

Jacob kann sich nicht erinnern. Vielleicht hat er an dem Tag gefehlt? Er war häufig krank. Er muss M fragen. Auch, wie die Geschichte ausgegangen ist.

„Was ich sagen will: Mit Raven war es besser. Aber wer genauer hinsah, konnte spüren, dass es für ihn selbst nicht galt. Das machte ihn so besonders."

Ein Ruck geht durch Beerendonk, mitten durch die Kehle. Er räuspert sich.

„Raven war mir nie wirklich nahe, aber irgendwie doch für mich da, wenn ich ihn brauchte. Das reichte mir, um mehr in ihm zu sehen. Wenn er mal krank war, brachte ich ihm das Essen. Ich übernahm das einfach, und für ihn war das ok. Das war wie eine Auszeichnung für mich. Lächerlich, oder? Aber Raven machte daraus nichts. Er gab einem das Gefühl, dankbar zu sein. Gerade mir."

Wieder dieses Geräusch, die Phonetik eines Codes, den nur Menschen wie Beerendonk verstehen. Und Jacob Beerwein, der weit gereist ist in seinem Leben.

„Ich befand mich immer am Rand jeder Clique, aber mich verband etwas mit Raven, und das wertete mich auf."

Jetzt lächelt er. *Fragwürdig*. Wenn man so lächeln kann, denkt Jacob.

„Wir kannten uns über unsere Familien, und wir hatten eine ähnliche Geschichte. Für Raven schloss das wohl Loyalität zu mir ein."

Die Finger, die Beerendonk an der einen Hand abzählt,

ergeben keine Summe. Er streckt den linken Daumen aus und streicht ruhelos mit den anderen Fingern über die Kuppe, ein gleichmäßiger Rhythmus, den Jacob kaum erträgt, nachdem er ihn bemerkt hat.

„Raven wusste, was mir fehlte, und ich spürte vielleicht als Einziger, dass er im Grunde verzweifelt unglücklich war. Wenn er sich unbeobachtet fühlte, abends im Gemeinschaftsraum oder auch in der Kapelle, sah er aus wie eine Plastikpflanze. Zum Täuschen echt, aber nicht mehr."

Beerendonk versucht es noch einmal mit dem Tee, gibt es aber schnell wieder auf.

„Ich habe ihm das einmal gesagt, und er hat genickt. Mir auf die Schulter geschlagen, gelächelt, und ist dann wortlos gegangen. Ich weiß, dass das übertrieben ist, aber für mich war das einer der glücklichsten Momente in meiner Schulzeit. Vielleicht sogar in meinem Leben. Eine Sekunde tiefer Vertrautheit. Die einfach da war. Die man mir nicht mehr nehmen konnte. Ich habe sie wie in einer … in einer Monstranz eingeschlossen … Mir fällt kein besseres Bild ein … Raven war für mich … *wichtig*, und ich glaube, dass ich es auch für ihn einmal war."

„Ich glaube, ich verstehe Dich."

„Das kannst Du nicht. Weil Du nie diese Einsamkeit im *Cajetan* gekannt hast. Es ist eine Einsamkeit, die uns alle erst dahin gebracht hat. Jedenfalls Raven und mich."

Jacob denkt nach. Die Mutter hat ihm unendlich gefehlt, nach dem Unfall. Aber er hatte den Vater. Ein Leben lang. Und Melchior. Und diesen sonderbaren Gott, der immer nebenan gewohnt hat.

„Was ich gerade erzählt habe, erklärt nichts. Aber vielleicht kannst Du dann verstehen, was mit Raven passiert ist. Warum ich heute Abschied nehmen musste."

Beerendonks Stuhl ist in der letzten Stunde nicht bequemer geworden, sein Bein schmerzt offensichtlich. Der Anwalt sieht Jacobs Blick.

„Kommt vom Fliegen. Ein paar Stunden in diesen engen Flugreihen, das verträgt das Bein nicht."

„Kann ich Dir helfen?"

Beerendonk lächelt eine grundsätzlichere Antwort.

„Es war im letzten Schuljahr. Ich mache es kurz. Nazaire kam, und Raven freundete sich mit ihm an. Nach einem Monat hingen sie die meiste Zeit zusammen herum. Du hast das ja selbst erlebt. Beide waren auf ihre Weise faszinierende Menschen. Dass sie sich so nahe kamen, schien selbstverständlich. Von ihnen ging etwas aus, eine Aura ... Ich weiß nicht, wie ich das beschreiben soll."

„Ich weiß, was Du meinst. Es war so."

„Raven zog sich nicht absichtlich von uns anderen zurück, sondern konzentrierte sich einfach auf Nazaire. Sie trainierten zusammen. Er trainierte im Verein. Eigentlich hatte er kaum noch Zeit. Aber die Zeit, die er hatte, verbrachte er mit Nazaire."

Beerendonk schließt für einen Moment die Augen, als müsse er sich sammeln.

„Natürlich hatte ich kein Recht auf ihn. Aber ich war eifersüchtig. Auf diese Freundschaft, auf die Vertrautheit zwischen den beiden. Auf das, von dem ich mir eingebildet hatte, es gehöre nur Raven und mir. Dabei wusste ich, dass diese Vorstellung idiotisch war, vollkommen daneben."

Den nächsten Satz führt er mit seinem ganzen Körper aus.

„Dann habe ich die beiden eines Abends in der Dusche überrascht. Versehentlich. Sie müssen wieder mal eine Sonderschicht eingelegt haben. Schusstraining oder so. Ich ver-

stehe davon nicht viel. Es war jedenfalls spät. Nach vierundzwanzig Uhr. Da galt längst strikte Nachtruhe. Eigentlich.
Mir ging es an dem Abend nicht gut. Ich lag im Bett, extrem
nervös vor den Abi-Prüfungen. Ich war sicher, dass ich
durchfallen würde. Ich konnte einfach nicht einschlafen und
beschloss irgendwann, mich unter die Dusche zu stellen.
Um einen klaren Kopf zu bekommen. Um irgendetwas zu
machen. Weil ich niemand wecken wollte, habe ich mich leise in die Gemeinschaftsdusche gestohlen. Du erinnerst Dich
noch, oder? Unten im Keller. Da standen die beiden. Nackt.
Hielten sich in den Armen. Küssten sich. Fassten sich an. Ich
war wie erstarrt, aber ich konnte mich nicht lösen. Ich sah
einfach zu. Dann entdeckte mich Nazaire. Ich vergesse seine
Augen nicht, die Angst, sein Entsetzen, als habe er begriffen,
dass er gerade dem Ende der Welt ins Gesicht gesehen hatte.
Mein Gesicht. Er rief mir noch etwas zu, was ich aber schon
nicht mehr verstand. Ich schloss mich in meinem Zimmer
ein, aber es kam niemand. Niemand klopfte an. Ich blieb in
dieser Nacht mit mir allein."

Jacob spürt eine Mischung aus Verwunderung und spon-
tanem Widerwillen und unbestimmter Erleichterung.

„Am nächsten Morgen bin ich zu Pater Elias gegangen.
Ich habe ihm berichtet, was ich gesehen habe. Er hat mir ruhig zugehört und mich darum gebeten, alles für mich zu behalten. Er werde mit beiden sprechen. Und dann auf mich
zukommen. Er reagierte nicht empört oder mit Abscheu. Er
blieb ruhig. Das half mir für den Augenblick, mit meinen
Gefühlen klarzukommen. Ich wollte die beiden nicht verraten. Ich bin kein Denunziant. Das war ich nie. Wirklich
nicht. Aber was die beiden da gemacht hatten, ging über
meine Vorstellungskraft. Und erregte mich zugleich. Ich bin
nicht schwul, aber die Bilder haben mich immer wieder ver-

folgt, aufgewühlt. Mein Gott, damals waren homosexuelle Handlungen verboten. Ich kannte das nur der Theorie nach. Ich war so ein verdammtes Kind. Ich habe das Leben der beiden zerstört."

Jeden Satz presst Beerendonk einzeln heraus. Jeder Satz klingt, als wolle er sich damit schlagen.

„Den Rest kennst Du weitestgehend. Erst verließ Nazaire das *Cajetan* und den Orden. Dann verschwand Raven. Pater Elias bat mich nach dem Abitur zu einem persönlichen Gespräch. Er könne erst jetzt mit mir über die Vorgänge reden, weil dies zu einer Vereinbarung gehöre, der er auf Drängen von Nazaire zugestimmt habe. Pater Elias machte sich schwere Vorwürfe, dass er nicht sofort mit Raven gesprochen hatte. Um es kurz zu machen, Nazaire hatte die ganze Verantwortung auf sich genommen. Er zog alle Konsequenzen, aber er bat darum, dass nichts über Raven nach außen dringe. Raven wäre fertig gewesen. Öffentlich diskreditiert. Kein Fußballverein hätte einen schwulen Spieler unter Vertrag genommen. Ravens Zukunft stand auf dem Spiel. Deswegen wollte sich Nazaire ohne jeden Abschied radikal von Raven trennen. Außerdem war er davon überzeugt, dass er Raven verführt habe. Er, der ältere. Mit seiner Autorität. Er muss ziemlich verzweifelt gewesen sein. Am Ende äußerte er noch eine Bitte: Pater Elias sollte mir alles erklären. Nazaire wollte, dass ich die Situation verstünde, damit ich niemand etwas erzählte."

Beerendonk vergräbt seinen Kopf in seinen Händen. Dann nickt er. Der Jurist ratifiziert einen Vertrag.

„Ich habe mich daran mein Leben lang gehalten. Aber ich habe darunter gelitten. Ich weiß, dass vor allem Ravens Leben anders verlaufen wäre."

39

Beerendonks Elend braucht Zeit. Die beiden Männer brauchen Zeit. Jacob würde jetzt gerne beichten. Aber den Menschen, der sie ihm abnehmen könnte, erreicht er nicht mehr. Stattdessen sitzen sie da. Hören auf den Wind, der um Ecken schleicht, und beobachten, wie der Tag sich dem Schnee beugt. Irgendwann steht Jacob auf und probiert es noch einmal mit Tee und Kaffee.

„Weißt Du, dass Barth Dich sucht?"

„Unser Barth?"

„Ja. Er hat Fragen an Dich."

„Wieso?"

„In Ravens Wohnung befanden sich Fotografien von Dir. Viele Fotografien. Ganze Serien. Raven hat Dich nicht einfach hin und wieder beobachtet. Er hat Dein Leben dokumentiert."

Beerendonk schaut Jacob fassungslos an.

„Was?"

„Raven hat komplette Tage aus Deinem Leben aufgezeichnet. Manche im Stundentakt. Er hat Dein Leben auf Bildformat geschnitten und gespeichert. Intime Momente. Belanglose Szenen. Den Alltag."

„Das Leben nach dem Tod."

Beerendonk sagt das. Dann beginnt er zu weinen, zu schluchzen, von einer fremden Hand geschüttelt, die in ihm zupackt.

Er braucht lange. Streifen ziehen durch sein Gesicht, die

Augen sind gerötet, links ist ein Äderchen geplatzt. Jacob schaut nicht auf die Uhr.

„Mein Gott."

Beerendonk zieht eine Packung Taschentücher aus seinem Anzug und putzt sich die Nase, wischt die Augenpartie trocken, starrt ins Leere.

„Entschuldige bitte. Ein Schock. Es war schon ein Schock, als ich von Ravens Tod erfahren habe. Dann das jetzt. Ist etwas viel. Die Vorstellung, dass er …"

Er greift in sein Sakko, als suchte er etwas.

„Raven hat mir immer die Schuld an allem gegeben. Das war wohl seine Art, eine Rechnung zu begleichen."

„Indem er Dich beschattete?"

Beerendonk denkt nach. Er zögert.

„Indem er gezeigt hat, wie man weiterlebt. Wie man mit Schuld lebt. Dass sie nicht vergeht. Er wusste, dass ich ihr nicht entkam, solange er da war. Dazu kannte er mich zu gut aus den gemeinsamen Jahren im *Cajetan*."

„Du hast von den Fotos nichts gewusst?"

„Nein. Woher denn?"

„Du könntest ihn dabei beobachtet haben."

„Ich verstehe. Deshalb will mich Barth sprechen. Er verdächtigt mich."

„Bei Ravens Leiche hat man keinen Hausschlüssel gefunden. Und in seiner Wohnung fehlt eine Fotomappe."

„Da kann ich nicht helfen. Ich war seit dem 22. Dezember mit Marga in Holland. An der See. Wir sind gestern Abend erst nach Hause gekommen."

„Deine Sekretärin wusste davon nichts."

„Marga ging es schlecht. Sie leidet unter Depressionen. Sie hatte einen Schub. Ich habe mich vollkommen abgeschaltet. Ich konnte mich nur auf sie konzentrieren. Ich hatte eine schreckliche Angst, dass sie sich etwas antun könnte. Hat sie schon mehrfach versucht. In solchen Phasen muss ich rund um die Uhr bei ihr sein."

„Das tut mir leid."

„Konntest Du nicht wissen."

„Und wie hast Du von Ravens Tod erfahren?"

„Pater Elias hat mir geschrieben. Lag oben auf meiner Post. Stempel von gestern. Eine Karte mit irgendeinem Heiligenbild. Fiel mir auf."

Also funktioniert die Post wieder, denkt Jacob. Er hat eine eigene Vorstellung von diesem Heiligen.

„Nur ein paar Zeilen. Dass Raven verstorben sei. Und dass ich für ihn zum Begräbnis gehen soll. Hab dann ein paar Anrufe gemacht und erfahren, dass die Beisetzung für heute angesetzt war."

Beerendonk zögert.

„Pater Elias hat mich gebeten, mit Dir zu reden. Meinen Frieden zu machen."

Jacob muss schlucken. Nun ist er den Tränen nahe.

„Wie kann man Frieden machen in diesem Leben?"

Die Frage bewegt sich im Raum, haftet an den Schwaden der Kerze, die Jacob wortlos entzündet.

„Wie genau ist Raven gestorben?"

„Man hat ihn zusammengeschlagen. Brutal. Aber am Ende hat ihn jemand erstickt. Mit einem Tuch."

„Nachdem man ihn zusammengeschlagen hat?"

„Ja."

„Schrecklich. Und sonderbar."

Beerendonk überlegt.

„Das wirkt so sanft."

„Habe ich auch gesagt."

„Ein sanfter Tod …"

„Wohl kaum."

Beerendonk macht es sich nicht leicht. Sein Bein zuckt.

„Nein. Du hast natürlich Recht. Nur ... Es ist so, als habe ihn am Ende jemand ... erlösen wollen."

„Mag sein."

Warum die Menschen in solchen Momenten an *Erlösung* denken, fragt sich Jacob.

„Noch etwas."

Beerendonk greift in die Innentasche seines Sakkos, aber er findet nicht, wonach er sucht. Wie unter einem Gewicht steht er auf, hinkt die Schritte zu dem Stuhl, auf dem er seinen schweren Wintermantel abgelegt hat. Es dauert einen Moment, dann holt er einen Briefumschlag hervor.

„Das lag in meinem Briefkasten. Anonym. Muss jemand eingeworfen haben. Ich habe meine Post noch nicht ganz durchsehen können. Wahrscheinlich findet sich irgendwo auch die Vorladung von Barth. Aber dieses Kuvert gehört wie die Karte von Pater Elias zu der Post, in die ich einen ersten Blick geworfen habe."

Zittert Beerendonks Hand, als er Jacob den Umschlag reicht? Oder zittern Jacobs Augen? Seine Gedanken ziehen wieder Kreise.

„Was ist drin?"

Beerendonk blickt, wie man gegen Licht schaut: die Augen zusammengekniffen, die Stirn in Falten. Jacob löst die beiden goldenen Klammern, mit denen die Versandtaschen verschlossen sind. Vorsichtig greift Jacob hinein.

„Ach."

Jacob weiß, dass er wie ein erstauntes Kind klingt. Er hält einige Hochglanzfotografien in der Hand, wie sie sich in Ravens Mappen befanden, nur in kleinerem Format: Postkartengröße.

„Hmm."

Jacob zieht seinen ersten Eindruck wie einen dunklen Vokal in die Länge. Der Stil ist unverwechselbar, die düstere Ästhetik. Man sieht zwei junge Männer. Auf jedem Foto dieselben. Wie sie trinken. Wie sie vor anderen Menschen stehen. Sie bedrängen. Fratzen spucken Hass. Eine Serie des verzerrten Lebens. Einige Bilder sind unverkennbar mit einer Nachtsichtkamera aufgenommen. Schnelle Fotos. Hintereinander ergeben sie die Abfolge einer Szene. Ein Film läuft ab, den Jacob kennt. Das Mädchen, das im Arm des größeren Manns hängt, schreit …

„Kennst Du sie?"

Beerendonk muss nicht lange nachdenken.

„Sie gehören zu den Typen, die Raven einmal aufgelauert haben."

„Warum hat man Dir die Fotos geschickt?"

„Ich kann es nur ahnen. Ich habe die beiden einmal vor Gericht verteidigt. Einen Freispruch erwirkt. Ich würde sagen, da will mir jemand zeigen, wessen Interessen ich vertreten habe."

„Da wusstest Du, dass Sie Raven geschlagen haben?"

„Ja. Ich habe sie damit konfrontiert. Es war ein Verdacht. Es gab Gerüchte."

„Wie haben sie reagiert?"

„Sie haben es zuerst abgestritten. Aber ich habe einen Zeugen erfunden."

„Das haben sie geglaubt?"

Beerendonk blickt Jacob in die Augen.

„Ja. Erst schauten sie sich irritiert an. Dann haben sie es zugegeben. Als bräche etwas unter ihnen weg."

Jacob kennt das aus eigener Erfahrung. Bei schweren Beichten.

„Was hast Du unternommen?"

„Juristisch? Nichts. Aber wir machten einen Deal. Sie haben mir ein Schuldeingeständnis unterschrieben. Sollten sie Raven noch einmal etwas antun, würde ich davon Gebrauch machen."

„Ist das juristisch zulässig?"

„Natürlich nicht. Aber das wussten die beiden nicht."

Beerendonk zögert.

„Sind nicht allzu clever."

Etwas wie ein Grinsen. Eine Karte ist noch im Spiel, denkt Jacob. Er wartet auf den letzten Stich.

„Tja … Außerdem hatte ich das Gefühl, dass die Geschichte mit dem Zeugen zu etwas passte, was sie beunruhigte."

Beerendonk schaut Jacob an, als wisse der auch etwas. Aber er reagiert nicht.

„Ich hatte damit eine Sicherheit. Ich konnte Raven schützen. Hoffte ich zumindest."

Beerendonks Finger greifen lose ineinander, fassen nichts.

„Die Jungs brauchten mich als Anwalt. Ich wollte ihnen eine Chance geben. Ich kann nicht mehr gut zusehen, wie junge Menschen ihr Leben zerstören."

„Kannst Du mir sagen, um was es in dem Prozess ging?"

Beerendonk zögert.

„Gewalt."

Das Wort lehnt sich über eine Kante.

„Sie gehören irgendwie zur Familie. Zu Margas. Entfernt. Aber nah genug, um das eine oder andere zu wissen."

Beerendonk muss also meine Frau Haverkamp kennen, überlegt Jacob, und bastelt an den Linien, die zwischen diesen unglücklichen Familien verlaufen. Aber das ist jetzt Nebensache. Führt zu nichts. Stattdessen spürt er, dass Beerendonk mehr sagen möchte, als er darf. Jacob sucht nach der Frage, die den Knoten lösen könnte, so wie er sich manchmal das Hirn zermartert, um sich an einen Namen zu erinnern, der ihm einfach nicht einfällt. Aber er denkt so langsam. Er vergisst so schnell. Jacob Beerwein stützt seinen schweren Priesterkopf mit beiden Händen ab. Eine Bewegung wie eine Kniebeuge, denkt er. Und verzweifelt an sich selbst.

„Das war dabei."

Beerendonk reicht Jacob eine Todesanzeige. Die beiden jungen Männer, die Silvester verunglückt sind. Jacob betrachtet die gedruckte Karte. Der Namen des alten Haverkamp findet sich am unteren Ende.

40

„War gut."

Sagt Melchior, später. Stunden später. Ein weiteres Leben später.

„War gut, Deine Ansprache."

Sie trinken Altbier, einen Korn dazu, der nichts reinigt, aber wenigstens nicht auf den Magen schlägt.

„Hätte Raven gefallen."

„Ich weiß nicht mehr, was ich alles gesagt habe. Es ging durch mich durch."

„Dass Raven einen Ort hat."

Auch der zweite Korn zergeht nicht auf der Zunge.

„Machst Du auch für mich, irgendwann mal."

Der Freund klingt beinahe zärtlich. Jacob hat einen präzisen Einwand, aber den nennt er nicht.

„Was hat Beerendonk gewollt?"

Jacob hält sein leeres Glas hin. Dreht es um.

„Beichten."

„Bitte?"

Jacob nimmt Anlauf. Er steht auf, wandert unruhig durch das Zimmer und wechselt zur Fensterfront. Im Schnee zeichnet sich noch der Umriss von Beerendonks Wagen ab. Das Pastorat ist matt beleuchtet. In der Kirche flackert unsichtbar das ewige Licht, das die Bagger von *Tiefbraun* demnächst einholen. Dreihundert Meter entfernt brennt eine unscheinbare Kerze in einem roten Plastikmantel langsam herunter. Ravens Grab, der ganze Friedhof verschwindet in kaum zwei Jahren. Dass Jacob nicht daran gedacht hat, was mit den Toten passiert …

„Nicht jetzt", sagt Jacob. „Nicht jetzt … Lass mir etwas Zeit. Alles zu viel, weißt Du, Melch?"

Der Freund hält ihm sein Pinnchen entgegen. Jacob stößt an, mit leerem Glas. Er hat genug.

41

Die nächste Todesanzeige trifft am Tag darauf mit der Post ein. Charlotte Haverkamp händigt sie Jacob aus. Sie schaut ihn an, während er sich an sein Lesepult stellt und das Evangelium des Tages liest. Der Winter hat länger durchgehalten als Inés van Breijden. Es folgt kein Frühling mehr. Der Rhein steckt weiter in festem Eis. Für Dornbusch und St. Thomas verlängert sich eine Frist.

Nicht für Jacob. Die Kirche ist eine Woche später bis auf die letzte Bank gefüllt, während die Glocken den Tod auspendeln. Jacob verfolgt ein zweites Mal, wie Ton van Breijden eine Ehefrau ins Grab bringt. Streicher begleiten Jacob, als er sich zum Sarg bewegt. Die Stufen zum Altar schleppt er sich hinauf. Er hat sich von der Grippe nicht wirklich erholt.

Inés hat es nicht bis jenseits des Schnees geschafft. Jacob vermisst sie, wenn er sie morgens hinter den Umrissen des Vierkanthofs sucht. Niemand begegnet ihm mehr. Egal wie lange er für seine Runde braucht. Jetzt steht er vor einer Gemeinde, die er nicht kennt. Es sollen sich prominente Künstler darunter befinden, aber Jacob sieht nur den alten Mann und die schöne Frau, die in einem Sarg auf die Auferstehung der Toten wartet. Eine einzelne Rose liegt auf dem schlichten Holzkorpus, ein langstieliges weißes Komma, dem kein Satz folgt.

Die Streicher geben nach. Schönberg nimmt es mit dem Schweigen auf. Jacob muss anfangen. Etwas sagen. Unruhige Blicke treffen Jacob in der Höhe des Stirnlappens. Dahinter rührt sich nichts. Er hört das Husten des konzerterprobten Publikums, spürt die aufkommende Unruhe, die nervöse Sorge, ob der schrullige dicke Priester dieser Herausforderung gewachsen sei. Ton van Breijden bewegt sich nicht. Jacob lässt ihm noch etwas Stille, dieses letzte Stück gemeinsamer Zeit mit seiner Frau, das wie Ewigkeit klingt.

Dann schaut von Breijden ihn an und schließt die Augen, so wie man Zustimmung nickt. Jacob fasst Mut. Er schlägt das Kreuzzeichen, aber er sagt nichts, als halte er damit etwas offen. Die Geste bleibt irgendwo in der Luft stecken, halb Segen, halb Warnung. Er macht einen Schritt nach vorne. Tritt aus der Deckung von Ambo und Altar. Stellt sich so hin, dass ihn Inés sehen könnte.

„Welchen Unterschied macht dieses Leben?"

Er wartet, bis seine Frage unter dem Turm ankommt, wo Melchior in seinem Rollstuhl der Zeremonie folgt. Dann noch einmal:

„Welchen Unterschied macht dieses Leben? Welchen Unterschied macht diese Rose, die Inés nicht mehr sieht? Die Musik, die sie nicht mehr spielt? Die wir hören?"

Jacob muss seine Sätze nicht ablesen. Sie gehen.

„Wer Inés gehört hat, dem vergeht die Zeit nicht. Wem Inés zugelächelt hat, dem vergeht das Lachen nicht mehr. Auch nicht wenn er weint, denn er hat Grund zu weinen."

Jacob Beerwein muss an sich halten. Sonst ist da nichts. Er kann den Boden nicht spüren, auf den seine Sätze fallen. Fasst Mut.

„Welchen Unterschied macht es in dieser Welt, dass es Inés gab? Wenn Sie das nicht wissen, sind Sie tot. Und wenn Sie es wissen, spüren Sie, dass Inés mitten unter uns ist. Nicht als bloße Erinnerung, als Gespenst unserer Sehnsucht,

als Allegorie des Vermissens. Sondern im Ton, der alles verwandelt, weil er seinen Klang nie verliert."

Jacob Beerwein schließt die Augen. Hält sie geschlossen.
Sucht den Punkt.

„Welchen Unterschied dieses Leben macht? Wir sind nie
mehr allein auf einer Welt, in der man Inés hören durfte."

Jacob hebt den rechten Arm. Jetzt dirigiert er. Charlotte
Haverkamp muss nicht mehr tun, als einen Knopf zu drü-
cken.

Inés van Breijden spielt ihr letztes Stück. *Verklärte
Nacht.* Es trifft alle von hinten, wo Melchior seine Anlage
hat aufbauen lassen. Ton van Breijden weint, als er den Einsatz und die ersten Akkorde und das Motiv erkennt. Er folgt
seiner Frau mit seinem absoluten Gehör. Jeder Ton ergibt
einen anderen. Inés lässt sich nicht beirren. Eine strenge
Komposition. Und Jacob sieht etwas, was er längst hätte sehen sollen.

42

Jeder Ton ergibt einen anderen. Man muss nur Ton für Ton zusammensetzen. Die Folge ergibt den dünnen Faden Sinn. Ausgerechnet im Gottesdienst ist Jacob das aufgegangen. Oder fiebert er nur wieder? Ist womöglich doch alles Unsinn, was er sich zusammendenkt?

Jedenfalls zittert er. Von Norden nach Süden, bis in jede Zehenspitze. Er denkt an Inés. Die Trauer um sie raubt Jacob alle Energie, während er sie gerade jetzt benötigt. Statt dass es nach dem Requiem etwas Ruhe gäbe, bricht alles auf.

Seit einigen Stunden schaut er aus dem Fenster, verfolgt den Flug der Flocken, in denen sich der Himmel auflöst. Weiße Silben, hat sie Kasper Bareisl einmal genannt, die mystische Sprache der Engel.

Manchmal erleichtert es Jacob, dass er so wenig von dem weiß, was er sagt und tut. Dieser seltsame Mangel an sich selbst ist der Ausdruck seines Körpers, Priester zu sein, denkt er jetzt, etwas wirr, als Charlotte Haverkamp seine Bibliothek betritt, eine Flasche Wein in der Hand.

Wie oft sie noch so zusammensitzen werden? Das Etikett deutet auf einen besonderen Wein hin, so wie vor einigen Tagen, als Melchior seinen Whiskey hervorholte. Jacob fällt ein, dass er noch fragen muss, was es zu feiern gab. Vielleicht war es einfach dieser Abend, eine melancholische Gleichzeitigkeit, die er jetzt empfindet, weil er weiß, dass es nicht mehr viele dieser Abende geben wird.

Umsichtig entkorkt Charlotte Haverkamp die Flasche und lässt den roten Abgrund atmen, ein wenig, wie ein Zugeständnis, während sie die beiden Gläser ins Licht hält. Was sie sieht, kann nur sie sehen.

Das erste Glas vom *Borgo la Stella* trinken sie mit Inés van Breijden. Noch einmal spielt sie Schönbergs *Verklärte Nacht*. Unaufdringlich nimmt sie die ersten Höhen. Jacob sitzt nicht weit entfernt, am Kamin. Charlotte Haverkamp baut mit ihren Gedanken die Figuren auf, mit denen sie gleich ihr Schach spielen müssen. Aber vorher lassen sie Inés die Zeit, die sie braucht.

So viel Zeit hat Jacob lange nicht mehr empfunden. Er versucht, sich an den letzten Ton zu erinnern. Hört er wirklich auf? Oder nimmt er nur unendlich ab? Wohin geht er? Wo hält er sich auf, in diesem Universum, in dem sich angeblich nichts verliert, sondern nur verwandelt? Hat er das nicht eben noch selbst behauptet? Es fällt ihm so schwer, seine Gedanken zu halten. Wie soll er ihnen dann glauben? Es schneit wieder. In seinem Kopf. Denkt Jacob Beerwein und fasst wohin ...

Der Wein schmeckt wie komponiert. Er trinkt ihn mit Respekt. Beobachtet die Frau, die ins Feuer starrt. Denkt an den Freund gegenüber. An den Unfall. An Beerendonk. An Raven und seine Schwester und den Mann, der nie wieder aus seiner Zahnlücke lachen wird. Denkt an eine Wahrheit, die wartet.

Nach einer halben Stunde läuft das Stück aus. Jacob stellt die Anlage mit der Fernbedienung ab. Die Stille wirkt abrupt. Die hagere Frau schüttet sich ein zweites Glas ein, trinkt es weg wie einen Kurzen, nimmt ein drittes. Eine Ader pocht auf ihrer rechten Schläfe, sie treibt einen Gedanken in das Massiv dieses markanten Gesichts. Jacob ist früher schon aufgefallen, wie intensiv Charlottes Wangenknochen arbeiten, ständig in Bewegung. Ein starker Muskel setzt den Takt des Stücks, das sie spielt. In der Nähe feuert der Trigeminusnerv seine Impulse. Erinnerungen, denkt Jacob, woran erinnert sich diese widerständige Frau gerade? Er überlegt, ob er eine zweite Flasche Wein aus dem Keller holen soll. Sie würde nichts ändern.

„Wir müssen reden, oder?"

Die Spinne in ihrem Netz, für sie gilt eine andere Form der Schwerkraft, sie fällt nicht. Aber sie entkommt ihren Fäden auch nicht. Denkt Jacob, kein bisschen klarer vom Wein.

„Es gibt nichts zu reden."

„Wirklich nicht?"

Figuren betreten den Raum. Gespenster.

„Nicht mehr."

Jacobs Wein bildet in seinem Glas eine gleichmäßige Fläche. Er überlegt, wie man die Oberflächenspannung berechnet. Das wird er in diesem Leben nicht mehr lernen.

„Beerendonk war bei mir."

„Ich weiß."

Beerendonk weiß *nicht*, möchte Jacob einwenden. Nicht, worauf es ankommt. Aber das ergibt keinen Einwand. Nicht gegen das, was passiert ist.

„Er hat mir Fotos gezeigt. Aufnahmen von Ihren Neffen."

„Die zijn niet van mij."

„Aber von Ihrem Mann."

Darauf braucht es keine Antwort.

„Sehen Sie, in meinem langsamen Kopf ergeben sich eigene Bilder. Linien."

Jacob tippt an seinen wuchtigen Schädel, mit beiden Zeigefingern, wie zum Beweis.

„Linien führen von einem Tunnel einmal quer über die

Höhen zu einer Landstraße, wo sich ein tödlicher Unfall ereignet hat."

Charlotte Haverkamp kann sie sehen, da ist sich Jacob sicher.

„Die Linien haben Sie gezogen, nicht wahr?"

Die Gespenster verteilen sich im Raum.

„Sie wussten, wer Raven totgeschlagen hat. Weil sie diese Brutalität kannten. Diesen entfesselten Hass auf die *Fledermaus.*"

Jacob sieht Ravens Kaftan. Sieht ihn über dem Mädchen knien. Sieht Wunden, Schnitte, die niemand sehen konnte. Er muss seine Gedanken ordnen. Es geht schon wieder durcheinander in seinem Kopf. *Ton für Ton*, beschwört er sich.

„Ich habe mich von Anfang an gefragt, wer den Schlüssel zu Ravens Wohnung genommen haben könnte. Da kommen zunächst die Täter infrage. Oder derjenige, der Raven entdeckt hat. Die Sternsinger mit ihrer Begleitung hatten den Schlüssel allerdings nicht."

Jacob muss sich konzentrieren.

„In Ravens Wohnung fehlte etwas. Eine Mappe mit Bildern. Kommissar Barth hat sie nicht gefunden. Stattdessen tauchen Fotos in der Post von Beerendonk auf. Verwandtschaft, nicht wahr?"

Jacob darf diesen Faden nicht fallen lassen. Sein Kopf muss halten, standhalten.

„Diese Fotos passen genau zu Ravens Archiv. Dieselbe Technik. Dieselben Motive: Aufnahmen von Tätern. Aufnahmen von den beiden jungen Männern, die in der Silvesternacht tödlich verunglückt sind."

Ein Gedanke wie ein Trapez, denkt Jacob, und er sieht, was daran hängt.

„Beerendonk hat mir dazu eine passende Geschichte erzählt. Nicht nur, dass Sie alle irgendwie miteinander verwandt sind, also voneinander wussten. Es waren vor allem diese beiden jungen Kerle, die Raven schon einmal überfallen und niedergeschlagen haben. Ich glaube, dass es dieselben waren, die Sie am Stadion beobachtet haben. Raven hat sie fotografiert. Und als sie zufällig die Gelegenheit hatten, ihn fertig zu machen, im Tunnel, unbeobachtet, haben sie es getan. Vielleicht haben sie sich auch nur von ihrer Wut leiten lassen. Ravens Körper sah jedenfalls danach aus."

Jacob sucht einen Blick, den kein Gespenst halten kann. Da sitzen sie, still auf der Fensterbank, Schnee im Nacken.

„Aber damit ist die Geschichte nicht zu Ende. Nur wenige Tage nach Ravens Tod holt sie das Schicksal ein. Die beiden verunglücken. Kommen auf glatter Fahrbahn ab. Schnee. Eis. Das sollte es erklären. Tut es aber nicht, oder?"

Jacob rechnet mit Widerstand, aber er trifft nur auf Schweigen.

„Gehen wir einmal davon aus, dass die beiden Neffen Ihres Mannes Raven zusammengeschlagen haben. Den Schlüssel zu seiner Wohnung hat man bei ihnen nicht gefunden – da hätte Kommissar Barth sofort geschaltet. Außerdem ist den beiden nicht zuzutrauen, dass sie das versteckte Schloss von Ravens Mappenschrank entdeckt hätten. So clever waren sie nicht. Wenn sie überhaupt wussten, wo er wohnte. Den Schrank hätten sie vermutlich aufgebrochen, wenn er sie interessiert hätte. Und die Wohnung verwüstet. Nein, der Schlüssel war die ganze Zeit in anderen Händen."

Jacob hat auf einmal Durst. Richtigen Durst. Aber er muss sich beherrschen.

„Machen wir weiter."

Unter dem Tisch schließt er seine Hände. Rau fühlen sie

sich an. Rau von vergebenem Beten, denkt Jacob. Aber die Vorstellung duldet er nicht. Nicht jetzt.

„Kommissar Barths Kriminaltechniker konnten nachweisen, dass der Wagen der beiden Jungs plötzlich zur Seite gerissen wurde, als wollte der Fahrer verzweifelt etwas ausweichen. Nur hätte er an dieser Stelle sehen müssen, was auf ihn zufährt. Er hatte genug Platz zu beiden Seiten der Straße, um nach rechts oder links auszuscheren. Vor allem fanden sich im Schnee keine Spuren eines Fahrzeugs, das von vorne gekommen wäre. Ein Wildwechsel käme noch in Betracht. Aber genau deshalb hat man an dieser Stelle schon vor Jahren an beiden Seiten einen Zaun gezogen. Risikominimierung. Sagt Berndaner. Mit anderen Worten: Da war nichts. Und das ist der Punkt. Vor den beiden befand sich nichts, was sie hätten sehen können.“

Charlotte Haverkamp regt sich immer noch nicht. Warum auch, denkt Jacob. Sie weiß, was sie weiß.

„Sie haben *nicht sehen* können. Fragen Sie mich nicht, wann mir das klargeworden ist. Aber ich habe das zweimal schon erlebt. Mit Ihnen. Mit Ihrem *Land Rover*. Sie kannten die beiden Jungs. Sie kannten ihren Wagen. War ja auffällig genug. Tiefergelegt. Grelle Lackierung. Laut ... Sie wussten, dass sie an diesem Abend irgendwann, egal wie spät, diese Strecke nehmen würden. Nach Hause. Sie haben Ihren eigenen Wagen so abgestellt, dass das Fernlicht ihrer Scheinwerfer und dieser Aufsatz, den Sie montiert haben, im richtigen Winkel auf das Fahrzeug ihrer beiden Neffen treffen musste.“

Für einen Moment scheint Charlotte Haverkamp Einspruch erheben zu wollen. Aber sie schluckt ihn herunter. Details zählen auch für sie nicht mehr.

„Sie haben sie geblendet. Plötzliches Licht. Frontal. Das

funktioniert wie ein Einschlag. Wenn man nicht damit rechnet. Und das war es dann …"

Der Satz liegt in der Luft. Jacob nimmt ihn wörtlich. Seine letzte Kraft ist verbraucht. Er überlegt sich, woher man das wissen kann. Dass es *letzte Kraft* war. Jacob überlässt sich diesem Gedanken. Er gibt ihm nach. Der Rest ergibt sich von selbst. Dann fällt ihm doch noch etwas ein.

„Bevor ich es vergesse: Man hat Reifenspuren im Schnee gefunden, an dem Wanderparkplatz, von dem der Fußweg nach Dornbusch abführt. Die Spuren sind zwar noch nicht alle ausgewertet. Aber sie sind gesichert. Sie stammen von mehreren Fahrzeugen."

Jacob schaut Frau Haverkamp an, aber er sieht nicht richtig.

„Ihr *Land Rover* … Er ist darunter, nicht wahr?"

Der Raum löst sich auf. Das Gesicht vor ihm. Das Kaminfeuer wirft Figuren an die Wand. Gespenster. Wenn das Feuer runterbrennt, verschwinden sie, hofft Jacob. Durchs Fenster, in die Nacht … Er nimmt noch einen Anlauf, noch einen *letzten* Anlauf.

„*Wenn* das alles stimmt. *Wenn* Sie die beiden mit Ihrem Fernlicht in den Tod geschickt haben, dann haben Sie nicht nur *angenommen*, dass die beiden Raven zusammengeschlagen haben. Sie haben es gewusst. Und das konnten Sie nur, wenn Sie Beweise hatten."

Charlotte Haverkamp sitzt da, als gäbe es auch sie schon nicht mehr. Dass es Menschen einfach nicht mehr gibt, denkt Jacob.

„Sie müssen Raven entdeckt haben. Schwer verletzt. Halb tot. Vielleicht hat er noch gestöhnt. Vor Schmerzen. Und dann haben Sie ihn erlöst."

Erlösen. Wieder dieses Wort, das Jacob nicht mehr kann.

„Aber nicht nur das. Sie haben seinen Schlüssel genommen. Lag er irgendwo? Oder mussten Sie suchen? Hatten Sie schon eine Ahnung, was wirklich geschehen war?"

Sie bewegt sich nicht, rührt sich nicht. Warum auch, jetzt, was ändert das noch? Denkt Jacob.

„Nur wer Ravens Wohnungsschlüssel hatte, konnte die Bilder in seiner Wohnung finden, die den Zusammenhang zwischen den beiden Jungen und Raven belegen. Natürlich, Sie dürften von Anfang an einen Verdacht gehabt haben. Wegen der Geschichte am Stadion. Wegen Ravens Verletzungen. Aber das hätte Ihnen nicht gereicht, um die beiden Jungen zu töten."

Zum Tode zu verurteilen, hatte Jacob eigentlich sagen wollen.

„Kun je dat bewijzen?"

„Beweisen? Ich brauche keine Beweise. Das ist die Sache von Barth. Mir geht es um etwas Anderes. Warum haben Sie nicht wenigstens versucht, Raven zu retten?"

Die Frau lacht. Nicht böse, eher ungeduldig.

„Ken je me zo weinig?"

Nein, denkt Jacob. Ich kenne Dich gut.

Er schenkt ihr ein weiteres Glas Zeit ein wie schweres Wasser. Der *Chirone* war eine ausgezeichnete Wahl. Charlotte Haverkamp wird nicht mehr fahren können, überlegt Jacob, und schaut auf die Flasche, die bis auf den Bodensatz herunter getrunken ist.

„Ihr Raven war nicht zu retten. Auf keine Weise."

Wer entscheidet das, will Jacob dazwischenfahren. Aber er darf Charlotte Haverkamp jetzt nicht unterbrechen.

„Man muss etwas tun, wenn Gott nichts tut, oder? Haben Sie das nicht gesagt, Herr Pfarrer?"

Jacob denkt nach.

„Ich glaube, ich habe meine Meinung geändert. Das Fieber war gut dazu. Ich habe einen alten Glauben entdeckt: den Glauben an die unendliche Geduld Gottes."

„Das ist mir zu leicht."

Charlotte Haverkamp seufzt, sie oder der Wind, draußen. Er kommt näher.

„Das ist mir zu wenig."

Das nächste Glas Wein hat sie wieder schnell getrunken, sehr schnell. Sie trinkt, wie sie fährt, denkt Jacob.

„Zu viel Leid, wissen Sie?"

Aufmerksam mustert sie den Priester, der seine Hände nicht zum Gebet gefaltet hat.

„Zu viel Tod."

Charlotte Haverkamps Hände zittern, als sie nach der Flasche greift, wie eine Trinkerin, die nach dem letzten Strohhalm Barmherzigkeit in dieser Welt greift.

„Gerechtigheid. Dat was nodig."

Sie legt den Chirone an. Ein Weintropfen perlt den Flaschenhals herunter. Beide schauen zu, wie er die Tischdecke erreicht. Flecken bilden keine Ecken, denkt Jacob, als ließe sich aus dieser Einsicht etwas gewinnen.

„En het heeft medelijden nodig."

Charlotte Haverkamp zieht ein feines Taschentuch aus dem linken Ärmel ihres Kostüms und legt es über die zierliche rote Wunde auf dem Tisch.

„Ich hatte Mitleid. Mitleid und Wut", flüstert sie.

Jacob schaut sie unsicher an, so wie sich wütendes Mitleid anfühlen muss.

„Te laat. Allemaal te laat."

Draußen beherrscht eine höhere Arithmetik aus Schnee die Welt, drinnen setzen sich Sekunden von anderen, unbekannten Zeiteinheiten ab. Eine minimale Turbulenz. Also sitzen sie da, sitzen die Zeit aus, der alte Priester und seine Haushälterin. Eine Minute, eine Stunde, Jacob weiß es nicht. Endlich steht Charlotte Haverkamp auf, wie zum Appell. Das Tuch lässt sie liegen, die saubere Seite nach oben.

„Ich gehe besser."

Er sollte Charlotte Haverkamp zurückhalten, denkt Jacob. Mit dem, was sich gerade in ihm ausbreitet: ein brokatroter Schleier, der Rückstand der Wärme in ihren Gläsern. Stattdessen schaut er ihr nach. Verfolgt ihre Schritte durch das Treppenhaus, stellt sich vor, wie sie durch den Schnee zu ihrem Wagen geht, der laut aufheult, als sie ihn startet.

43

Es ist wieder still. Jacob möchte noch einmal den Schönberg hören, die Gesellschaft von Inés in sich aufnehmen. Wärme speichern. Wie es Ton van Breijden geht, denkt Jacob. Und wohin Charlotte Haverkamp fährt.

Jacob steht auf. Er hat sich entschieden. In der alten Dorfschule brennt noch Licht. Als Jacob sein Glas Wein abstellt, bemerkt er einen Gegenstand, den Charlotte Haverkamp zurückgelassen hat. Einige Sekunden schaut er auf den schwarzen Schlüssel. Dann steckt er ihn in die Hosentasche. Er geht in den Keller. Findet die zweite Flasche *Chirone*, müht sich die enge Treppe hoch und zieht umständlich den Mantel an, der nach altem Mann riecht. Vor der Kirche hält er einen Moment inne und blickt steil nach oben. Der Turm scheint sich zu bewegen. Die Welt fühlt sich wie nach einer Gehirnerschütterung an.

Es kommt kein Frühling mehr, denkt Jacob. Wieder Flocken. Wieviel noch kommt, überlegt er, bis der Himmel endlich leer ist. Er braucht die gewohnten siebenunddreißig Schritte. Kleine Schritte. Irgendwann hat er sie mal gezählt. Heute wieder, als könnte er sich an ihrem Gleichmaß festmachen. Als gäbe es so etwas noch.

Ein Leben im Abstand einer Primzahl, denkt Jacob Beerwein. Und dass der Rotwein nicht kalt werden darf. Er schlägt ihn in seinen Mantel, ein harmloser Schutz. Jacob weiß nicht, was er dem Freund sagen soll. Es gibt so viel zu erzählen. Zu viel.

Nachsatz

Es gibt den Ort, Dornbusch, aber er fügt sich in den Vorstellungsraum der erzählten Geschichte.

Es existieren einige der Menschen, von denen die Geschichte handelt, aber sie führen ein Leben als Figuren.

Die Handlung folgt ihren eigenen Gesetzen. Auch der Autor musste sich ihnen unterwerfen.

Der Dank des Verfassers gehört Marcus Pauly, dem ersten aller Leser, jedenfalls in der Welt des Autors, sowie Adelheid Limbach, die Entscheidendes beitrug, den Roman zu veröffentlichen.

Dass ich meinem Vater noch aus dem fertigen Manuskript habe vorlesen können, gehört zum Roman. Ich höre seine Stimme, wenn ich an das *Welt verloren* und die *Sonne der Gerechtigkeit* denke.

Bibliografische Information der Deutschen Bibliothek

Die Deutsche Nationalbibliothek verzeichnet diese Publikation in der Deutschen Nationalbibliografie; detaillierte bibliografische Daten sind im Internet über <http://dnb.d-nb.de> abrufbar.

Der Umwelt zuliebe verzichten wir bei diesem Buch auf die Folienverpackung.

3. Auflage 2022
© 2022 Echter Verlag, Würzburg
www.echter.de

Umschlag: Vogelsang Design, Jens Vogelsang, Aachen
Coverbild: Hans-Friedrich Busch, Blick auf St. Remigius, Viersen.
Öl auf Pappe 33 x 27 cm. © Galerie im Park, Viersen.
Gestaltung Innenteil: CMS – Cross Media Solutions GmbH
Druck und Bindung: booksfactory.de

ISBN 978-3-429-05773-2
    978-3-429-05222-5 (PDF)
    978-3-429-06578-2 (ePub)